◆◆ 中国文学名家小小说精选丛书

盗取芳心

吕金华　著

江西高校出版社
JIANGXI UNIVERSITIES AND COLLEGES PRESS

南　昌

图书在版编目（CIP）数据

盗取芳心 / 吕金华著 . -- 南昌 : 江西高校出版社，
2025.6. --（中国文学名家小小说精选丛书）. -- ISBN
978-7-5762-5597-3

Ⅰ . I247.82

中国国家版本馆 CIP 数据核字第 20246KK674 号

责 任 编 辑　游浩文
装 帧 设 计　夏梓郡

出 版 发 行　江西高校出版社
社　　　　址　江西省南昌市新建区工业二路 508 号
邮 政 编 码　330100
总 编 室 电 话　0791-88504319
销 售 电 话　0791-88505090
网　　　　址　www.juacp.com
印　　　　刷　鸿鹄（唐山）印务有限公司
经　　　　销　全国新华书店
开　　　　本　650 mm×920 mm　1/16
印　　　　张　13
字　　　　数　160 千字
版　　　　次　2025 年 6 月第 1 版
印　　　　次　2025 年 6 月第 1 次印刷
书　　　　号　ISBN 978-7-5762-5597-3
定　　　　价　58.00 元

赣版权登字 -07-2024-958

序

我写小小说始于上世纪 80 年代后期，1989 年有几篇见于一家小报上，但今天看起来是很不成熟的，所以也没敢收入这本集子中。1990 年起，我用文言文写起了聊斋体闪小说，没承想却能一组一组地在全国各地的报刊上变成铅字，但因是文言文，与本书其他作品的风格不一致，所以没有选入本书中。1991 年 9 月开始，我以东汉医学家、长沙太守张仲景为主角，写起了中篇系列探案小说，陆续在天津《通俗小说报》等刊物上发表，并有《传奇传记文学选刊》等转载，因为是小中篇，也不能选入本书中。此后十多年间，我发表了大约 70 万字的小说作品，包括中短篇小说、小小说和闪小说等体裁，也有一些被《民间故事选刊》《小小说选刊》《微型小说选刊》《中外期刊文萃》等选刊转载，被《怀念一双手——〈微型小说选刊〉25 年精品集之传奇卷》《最受欢迎的名家动物小说排行榜》等多种选本收录。但我写作品常常见异思迁，一是会同时写多种体裁的作品，二是某种体裁的作品写着写着便没了兴趣，渐渐地就不再写了。比如在写小说的同时，我也写儿童诗、儿歌、寓言、童话、剧本、散文、评论、传统诗词等体裁的作品。到 2004 年以后，我就很少写小说了，2006 年便基本停止了小说创作。所以选入本书的小小说作品，均写于 1997 年至 2006 年之间，其中 1997 年仅 1 篇，1998 年和 2005 年还是空白。

我于 2000 年到 2004 年间，以嘿嘿为主角发表了系列小小说

《嘿嘿轶事》数十篇，在我的朋友圈中引起了一些反响，作家那岛曾于2000年12月发表了一篇《嘿嘿的族谱》点评这个系列，全文如下：

吕金华终日生活在文件堆里，可他来自于高原厚土的心灵血液一天也没有被文件吞没。他看到了百姓深层的秉性。无奈、厚道的笑声，自嘲、解脱的笑声，偶尔得意的笑声……"嘿嘿"是笑声中最奥妙的一种，又是极端含混暧昧的声音，能模糊一个人的性情和遭遇深处的情态。那是典型的勾勒——"嘿嘿"。穿西装也罢，着对襟、斜襟、长袍也罢，这样的百姓随处可见。"嘿嘿"是我们生活中的某一位亲友，甚至是我们自己。

吕金华不断地把嘿嘿的遭遇推到读者的面前，"相亲"也罢，买"千年虫药"也罢，还是"模拟抢劫"也罢，嘿嘿一直想用惨淡的超越和进步改变自己在亲人及其他各种社会关系中的形象。他在社会上被忽略，卑微至极，又不甘心，别出心裁的表现往往弄巧成拙。嘿嘿是典型的拙夫。

为了改变其妻对他的淡漠，想出在自己生日时模拟打劫一招，结果自己被咬坏鼻子住院。

怕千年虫又想以此赚他一大笔钱，于是花一万多块钱买千年虫药，结果当然是可想而知的。

相亲的情趣在于几个英语单词被不懂英语的人的错误意会。

嘿嘿出丑闹笑的故事颇多，出自于吕金华诙谐、俏皮、轻松的笔调。我们细查嘿嘿的亲族，就会发现，他是阿Q的堂弟、润土的儿子、华老栓的表兄，整个就是百姓性情漫画，也是千百年来一直延续的劣根性展露。读一读"嘿嘿"，又在镜子里照一照自己，或多或少地发现，自己也有嘿嘿的那些遗传，也有相像之处。嘿嘿，还是让人同情，让人亲近的。

我已读过 20 多篇《嘿嘿轶事》，我期待着吕金华写出更多更好的《嘿嘿轶事》来。

那岛的这篇点评基本说出了我创作《嘿嘿轶事》的初衷，和《嘿嘿轶事》这个系列的行文特点。

于《嘿嘿轶事》之外，本书还收入了《老 A 外传》《呆瓜与滑头》两个系列的小小说作品。《老 A 外传》的风格与《嘿嘿轶事》十分类似，只是两个主角的身份不同而已；《呆瓜与滑头》这个系列中的每篇小小说，都以呆瓜的傻气和诚朴，对滑头的狡狯和贪婪，结果呆瓜往往自有天相，逢灾化吉，而滑头却常常用心险恶，弄巧成拙。这几个系列读起来都令人啼笑皆非。除写系列小小说外，我还写了一批单篇小小说，发表在相关刊物上，本书收录的《盗取芳心》《鬼拍门》两辑就是从这些单篇小小说中选出来的，大多都以幽默、轻讽为特点，仅有少数几篇看上去有点儿"一本正经"。

我已近 20 年不再写小说了，但我对写小说的那段岁月依然十分怀念，渴望能再回过头去创作出一批新小说来，但世事难料，羁绊太多，这个愿望恐怕难以实现了。

是为序。

吕金华

2024 年 11 月 6 日

CONTENTS
目　录

盗取芳心

第一辑

盗取芳心

◀ 追魂狗

　　川黔公路边有一个生意十分红火的狗肉店，独家独户，背靠青山，店主叫毛升。毛升的店里专卖狗肉，招牌上写得明白："品鲜狗肉滋味，看狗刨狗好戏。"这狗刨狗是毛升独创的杀狗方法，极为残酷刺激。

　　在毛升狗肉店里，可以活狗点杀。客人要吃哪只狗，随着心意点，只要舍得花钱。客人点好狗后，毛升还要另外牵出一条狗来，将两条狗牵到一处，用一个高两米有余、直径一米左右的无底大桶圈罩住两条狗，然后从高处将一大桶开水慢慢向桶圈内的狗身上淋去。狗被烫得惨叫不已，忍不住剧烈的伤痛便会互相撕咬起来。开水烫过，狗毛极易脱落，两只狗互相一撕咬，血水从桶下溢出，一会儿各自的狗毛便脱落了，当然两只狗已奄奄一息了，真是惨不忍睹。可就有那么一些没心肝的有钱人，大老远的都要来品毛升的狗肉，看那残酷无比的狗刨狗游戏。杀的狗多了，毛升家房后青山上的树林中已经埋起了好几个高高的犬骨冢。

　　那天，一辆豪华 2000 型桑塔纳在毛升店外停了下来，下来两男两女四个衣着华贵的客人，张口就要活狗点杀。那些客人很快点好了狗，毛升又牵出一条毛色青灰的狗陪杀。接着便是站在高处看那野蛮而残酷的狗刨狗游戏，看着那两只狗忍不住烫伤的剧烈疼痛，互相残忍地撕咬的惨景，那几个男女竟然狂笑不已。游戏结束，毛升便来翻桶，可刚把桶翻开，那只本来已经奄奄一息的陪杀狗却突然站起身来，光着个红一块白一块的身子，飞也似地逃去，很快没入了毛升店后的树林里。客人们看到了这充满传奇色彩的一幕，更是乐得手舞足蹈。毛升心里升起了瞬间的寒意，但脑袋一转，又想出个话题说："今天各位看到了别人没有看到过的最精彩的一幕，这价钱是不是……"那几个客人听懂了毛升的话中之意，爽快答应道："价钱没问题，就按双倍收吧。"毛升于是就手脚麻利地杀死躺在地上那只快死的狗，剖腹掏心，切下肉来，放到高压锅里炖起来。

四个豪客狼吞虎咽地吃了狗肉走后，毛升想，那狗逃不远，定然死在了林子里，应该去找回来，白丢了实在可惜。于是就提着刀去林子里找，可找了整整一天也没有找着。毛升心里说，或许已经被别人捡去了，反正钱已赚回来了，由它去吧。

两个月后，毛升家忽然接连出现了两件怪事情。

最先出现的是一条死蛇。那天早晨，毛升的媳妇起来打开大门，猛见门外有条一米多长，两岁小孩胳膊般粗的大蛇守在门外，吓得毛升媳妇"妈"的一声大叫起来，接着往后便倒——昏了过去。毛升闻讯出来，也吓了一大跳。待定睛细看，才发现那是一条死蛇。毛升十分迷信，认为这是不祥之兆，又不自然地联想起两个月前跑的那条狗，心下更是十分不安。于是，又是请人唱坛甲戏驱鬼，又是请神汉跳大神辟邪。

可是，这件事过了没几天，另一件更可怕的事又出现了。那天夜里，毛升开门出去给狗屋的狗们添食，却一脚踢在一个什么圆东西上，"扑"一跤摔了个狗吃屎。待到爬起来仔细一看，原来是一个人头骷髅，吓得毛升"妈呀"一声撒腿就逃回了屋里。毛升一夜没有睡好觉，那逃走的没毛狗、死蛇、骷髅头老是交替着在眼前晃，令他恐怖不已。第二天一大早，毛升就去找了一个道士来做了一坛法事，然后披麻戴孝地把那个骷髅头送到山上去重新埋了。那天连生意也没有做。

可是到了晚上，毛升一闭上眼睛，那骷髅头、那蛇、那没毛狗仍在眼前晃，弄得他十分害怕。这样熬了几天，毛升又去请端公来疯疯癫癫地跳了一天。可是问题还是没有解决。那天毛升去赶集，又找张瞎子算命去了。张瞎子问了问毛升的情况，假模假样地掐着指头算了算就对毛升说："定是你杀的狗太多，又太狠了些，所有那些狗鬼找你报仇来了。你呀，本月之内定有血光之灾呀！"这句话可把毛升吓得要死，忙问张瞎子可有破解之法。张瞎子的破解之法可是要卖钱的，毛升给了钱后，张瞎子就对他说："今晚子时，到你家房后的林子里直走 900 步去泼碗水饭，给狗鬼们烧些纸钱，问题也就解决了。"毛升讨了破解之法，千恩万谢地去了。

当晚子时，毛升叫媳妇跟他一起去房后的林子里泼水饭，可毛升媳妇只走了 120 步就再也不敢走了。毛升实在没法，只得一个人打着手电筒，提着个装满了香烛纸钱和一把柴刀的篮子，麻着胆子，一边念着菩萨保佑，一边一步步爬坡上坎地往前走。忽然，林中一只夜鸟飞起，把毛升吓得一屁股坐在了地上。好不容易走完了900步，毛升掏出打火机点燃了香烛纸钱，把水饭往地上一泼，转身就要想走。

就在这时，一声阴恻恻的狗叫声在毛升前面不远处响起，听起来十分凄厉，令毛升不寒而栗。毛升急忙将电筒光射过去，一对绿莹莹的狗眼立即便将电筒光反射了一些回来。毛升仔细一看，发现那狗竟没有毛，身上全是疤痫。他猛然想起，那狗肯定是上次被烫掉了毛后跑掉的那狗。

它竟然还活着？！顿时，毛升恐怖到了极点。他突然间把那蛇、那骷髅的事又跟这没毛的狗联系在了一起。"定是这畜生干的！"毛升心里说。

"完了！完了！今晚定然是凶多吉少了！"毛升丢掉篮子，握着刀和电筒，边想边退，企图逃命。

突然间，那狗猛扑上来，一下子扑掉了毛升手里的电筒。毛升盲目地挥刀乱砍，可什么也砍不着。林子里陡然间又可怕地静了下来。

过了一会儿，又一声厉啸，那狗再一次猛扑过来。这一回，那狗一口咬住了毛升的右手臂，使他手中的砍柴刀"当"一声掉到了地上。

这回狗没有再走远，而是坐在离毛升只有两米远的地方阴冷着两只绿眼睛看着毛升。毛升双腿一软，"扑通"一声给狗跪下了。

"狗爷爷，你老行行好，就饶了我这条狗命吧！"跪在地上的毛升战战兢兢地祈求着那狗饶了他的命。

可是，那狗没有听他的，而是再一次扑上来，撕咬着毛升的衣裤。任凭毛升怎样挣扎滚爬和凄厉呼叫，无奈那狗实在勇猛无比，毛升身上的衣裤还是被一块块地撕下来。不一会儿，毛升身上便一丝不挂了，而且白的肉和红的血模糊着，就跟那刚玩完狗刨狗游戏的狗胴体一样。过了一阵，那狗见毛升再也不能挣扎滚爬，才猛一口向毛升裆下咬去……一声更凄厉的惨叫穿透了黑暗的树林。

过了两天，离毛升家房后树林中犬骨冢不远的地方出现了一个新的坟冢——毛升之墓。

2002 年

◀ 盗取芳心

白马帅哥崔阳找了个靓妹柳琼做女朋友，天天约会，崔阳已深深陷入爱河。可正当崔阳完成助跑，正欲飞越横杆时，却出现了敌情：柳琼渐渐对他冷淡下来，虽然仍是天天约会，但芳心似乎已经离巢，随了别的鸟儿飞去。这可急坏了崔阳。

一天，崔阳偶然走进了一家小书店，看到书架上有一本《三十六计》，心中一动，想道："这书中或许有许多巧计奇谋，要是学上一两招，想必要套柳琼那颗芳心是没有问题的。"于是把书买了回去，挑灯夜读起来。果然，几天之后的崔阳，已从书中得到了许多启示，想出了一招连环计：先釜底抽薪，再英雄救美，以此套牢柳琼那颗欲飞的芳心。说白了，就是偷走柳琼的钱财，使柳琼在经济上陷入困境，然后再雪中送炭，给柳琼以必要的"援助"，救柳琼于水火，使柳琼对他感激涕零，把心儿的翅膀收拢，自愿对他投怀送抱。

崔阳主意打定，就开始实施他的行动计划了。他首先利用与柳琼天天约会的机会，偷偷地配了柳琼的钥匙，准备伺机行盗。

那天，柳琼从银行取了5000元钱放在家里，准备过几天放长假出去旅游。崔阳瞅准了这个机会，趁柳琼上班时，开门入室，盗走了柳琼的5000元钱，外加一只纯金戒指。

柳琼平时特喜欢看侦破小说，总梦想做一个侦探，所以她没有报案，只暗中寻找蛛丝马迹，想自己破了此案。她对现场研究后认为，盗贼是开门入室行窃的，便有三种可能，要么是手段高强的老手行盗，要么是"开锁王"行业的人行盗，要么是特别了解她情况的熟人掌握了她的钥匙行盗，如从盗窃时间恰好是她取回现金后来推断，熟人作案的可能性最大。柳琼便决定从熟人入手来进行侦破，追回自己的5000元现金和一只纯金戒指。当然，她也没有忘了换一把新锁。

听到柳琼被盗的消息，崔阳装着很义愤填膺的样子，把那5000元钱拿到银行"洗"了一下，就拿去要送给柳琼，说是给柳琼一点儿补偿。可是柳琼说："我还没有穷到被偷了几千元钱就需要别人施舍的程度。"崔阳只得拿走了那5000元钱。

崔阳自以为是地想："等着吧，会有让你山穷水尽的一天的！"

崔阳于是策划了第二次入室行盗。他趁与柳琼天天约会的机会，用橡皮泥取了柳琼那把新钥匙的样，又去配了一把钥匙。然后，又趁柳琼上班的机会，入室盗取了柳琼价值6000元的高档服装。柳琼很懊丧，没有抓住盗贼，却又被贼行了一回盗，真是倒霉透顶。但她仍然没有报案，反而更坚定了要自己亲手抓住强盗的信心。柳琼特心疼她那件高档羊毛衫，花1500元刚买来，还打都没有打开过就被贼给偷走了，那贼真是十二分的可恨。于是，柳琼又换了锁，不过她想，这回屋里没有了东西，那贼还来不来呢？

过了几天，柳琼的生日到了，崔阳买了一大束红玫瑰，提了一盒大蛋糕，拿着件未开封的羊毛衫，去给柳琼过生日了。

崔阳见了柳琼，献上红玫瑰和生日蛋糕后，又捧出那件未开封的羊毛衫送给柳琼。柳琼见了这件跟她自己失窃的那件一个牌子、一样大小、一样颜色的羊毛衫，禁不住泪水涟涟。崔阳又说："知道你最心疼那件羊毛衫，所以专门买了一件一模一样的送给你。"柳琼终于架不住崔阳的殷勤，收下了这件昂贵的羊毛衫。可是，过了那天，柳琼仍然对崔阳不冷不热。

又是一个星期过去了，柳琼不知从哪里弄来一台笔记本电脑放在家里。崔阳于是想："看来她还没有到一穷二白的时候，不行，我还得把她那个更值钱的东西弄走才行！"便又如法炮制，用橡皮泥盗了又一把新锁的钥匙模样，配了一把新钥匙。

柳琼出差了，好几天没有回来住，只天天用手机跟崔阳通话。崔阳觉得时机成熟了，便趁机去偷笔记本电脑。崔阳偷得很顺利。一会儿就提着笔记本电脑回了家。可他右脚刚踏进门，柳琼和一位女警察就脚跟脚地来了，把崔阳抓了个正着。

崔阳说："不要误会，这是我新买的电脑。"

柳琼什么也没有说，把电脑接上电源，打开了其中一个文件，几行文字出现在屏幕上：

崔阳，你怎么会干这样的傻事呢？其实，你第一次作案后，我就隐隐地对你产生了怀疑，因为你是最有可能接近我而偷配我钥匙的人。当你很慷慨地要送给我 5000 元对我进行补偿的时候，引起的不是我对你的感激，而是我对你的进一步怀疑，因为你从来没有这样大方过，而给的数目又恰好是我失盗的钱数——5000元。第二次你偷了我的高档服装后，又在我的生日时送给我羊毛衫，那时候，我就已经确定了你是真正的窃贼。因为你给我的那件羊毛衫，其实就是你从我那里偷去的那件，你以为那是没有开过封的，我无法断定，其实我在买回它的时候，就用针在盒子的一角扎了三个呈"品"字形极难发现的小孔，还有其他的服装，我也打了极难发现的记号，因为我想过，如果是熟人作案，我又没有报案，是有可能再作案的，所以我打了记号，就是希望能在日后令你无可辩解。当你送给我羊毛衫时，我一看盒子，就得到了确证，当事情得到验证后，我感到十分失望，所以当时我就哭了。其实，我已经在屋里安装了红外线自动摄像仪，只要你一进屋子，摄像仪就会自动打开，摄下你偷窃的全过程。你如果敢于第三次来偷窃，那么你偷窃的全过程就会被摄录下来。另外，你第二次和第三次用橡皮泥取我钥匙印模的事，我已从钥匙上的橡皮泥残余上发现了，并带着你的照片找到了为你配钥匙的人。可以说，你实施偷盗的全过程都已经完全在我的掌握之中。尽管你几乎没有在现场留下指纹。其实，你真是太傻，留下的疑点太多了。

看了这几行文字，崔阳的头低了下去，把一双手伸给了那位女警察。女警察铐了崔阳，又从崔阳卧室里搜出了柳琼被盗的高档服装和那枚纯金戒指。

柳琼又一次泪水涟涟。

2004 年

◀ 征子启事

晚报上一则征子启事引起了许多人的关注。主要内容如下：

我子不久前病逝，留下我一个孤老头子在世上。为在老年有个依靠，比较可观的家产有人继承，欲觅一个相貌与我子相近，年纪 20 多岁，身高 1.65 米左右的年轻人作为继子，对我尽赡养义务，并能继承我的全部家产。如有条件相近，又愿意者，欢迎前来应征。

在启事的下方还端端正正地贴着一张征子者儿子的电脑画像复制品，旁边还写着征子者的详细住址和见面需带户口本、身份证等说明。

R先生看了这则征子启事便不能平静，因为他长得与那画像上的人几乎一模一样：薄薄的嘴唇，高高的鼻梁，大大的眼睛，浓浓的眉毛……特别是右唇角的那颗红痣，真是活脱脱一个模子里压出来的。

R先生的父母过世得早，他又没有读多少书，所以混得实在有些窝囊，有时还免不了要做些见不得人的勾当才能勉强混饱肚子。

"哈哈,我要发财了,这真是老天有眼啊!"R先生喜不自胜,一溜小跑回到家里,按启事上说的,找出身份证和户口本,就按启事上提供的地址去寻找那个孤独的老人。

　　他想,那位孤独的老人既然说他有比较可观的家产,住的一定是一座豪门大宅。"好啊,凭我的长相、年纪和身高,一定能成为那个孤独老人的继子,豪宅美食可以尽情享乐了。"R先生边走边美滋滋地想着。

　　他坐了一阵公共汽车,走过几条步行街,转过几道小巷子,终于来到了征子启事上提供的住宅位置,可是出现在他眼前的并不是什么豪宅,而是一个破旧的独门小院。

　　"既然有比较可观的家产,为什么住在这样破旧的小院里呢?或许这是他过去的老宅吧,新宅定然不在这里。对,肯定是这样的!"R先生是个爱想好事的人,这时候当然愿意往好处想了。

　　R先生敲响了院门,敲了几下,院门便打开了,开院门的是个十五六岁的小姑娘,像是乡下来的。

　　R先生说:"我是见到老人的征子启事前来应征的,请问老人在家吗?"

　　"你是说我家姨公啊,他出去了,请你稍等,我打电话叫他回来。——你是第五个应征者了,前面四个应征者都不能令姨公满意。"小姑娘很有礼貌地说,并请R先生在一张古老的木椅上坐下,又给R先生沏了一杯茶,然后就转到里间打电话去了。

　　R先生一边品着茶,一边想入非非:我老R时来运转,轻而易举就能成为一笔可观家产的继承人，真是老天有眼，老天有眼啊！

一会儿，门外进来了几个人，并搀扶着一位颤颤巍巍的枯瘦老人。R先生见了老人，依稀记得仿佛在哪里见过。

老人打量了R先生一番，说："没错，就是你！"

R先生心里一阵狂喜涌上来，就要双膝一弯，磕头认父。谁知，一副锃亮的手铐却"咔嚓"一声铐在了他的手腕上。

R先生一惊非小，终于想起这个老人正是一个月前被他用迷药迷得晕晕乎乎，一切都听他摆布时，自己将一万元存款取给他的那位老人。

那乡下姑娘说："就是你这个骗子骗得孤苦伶仃的姨公连养老的钱都没了，才使他害了这场大病呀。要不是警察叔叔替姨公想了这个征子捉贼的主意，并根据姨公的口述，用电脑模拟了你的画像，怕还抓不住你呢？"

R先生立即从喜悦的巅峰上跌下来，头垂得很低很低。

2003 年

◀ 钱新闻的求爱信

金塘村是个有名的贫困村，村里有个叫钱通神的 29 岁的大龄青年，是村中少有的初中毕业生之一，最近因为连续在地县级报纸上发表了十几篇新闻，而且被县报聘成了通讯员，因此在全金塘村，乃至在全镇都成了大名鼎鼎的新闻人物，很多人都叫他钱新闻。跟他住在一起的只有与他相依为命的母亲，但他因为不爱劳动，所以家里收入少，是个讨老婆都十分困难的贫困户。一天他收到了一封信，是邻镇一个叫杨雀花的姑娘写来向他求教怎样写新闻的。钱新闻在写了关于写新闻的回信之后，灵机一动，想道："我何不趁此机会给她写封求爱信，她正在崇拜我，恐怕有戏哩。"于是他就开始写起求爱信来。下面就是他的求爱信的具体内容。

杨雀花同志：

你的来信读了，已给你写了关于怎样写新闻的复信，这里再另纸给你写这封信，是想谈谈我自己的情况，也顺便谈点题外话。

我钱通神今年约 20 岁，高中毕业，仅以半分之差没考上大学，现在白天耕田种地，晚上伏案写新闻，到目前已小有成就。见诸中央级、省部级、地市级、县级报刊和电台的新闻报道已达500多篇，据保守估计约50万字，已成为远近闻名的新闻高手（请不要笑话，在你们初入闻道的同志面前，我不敢过分谦虚），为宣传我村、我镇、我县，乃至我省都作出了贡献，群众十分爱戴我这位业余新闻写手，认为我是一个敢说真话，毫不夸张的好新闻作者，所以都亲切地叫我钱新闻。在写新闻的同时，我家的责任地也没有撂荒，不但种了庄稼，还栽植了各种经济林木。目前，我家已达到了人均年有粮食1001斤，年人均纯收入2001元（其中稿费为主要收入），实现了"超双千，奔小康"的水平。今后，我打算到县城买一套住房，专门从事新闻写作，当一名较有作为的自由撰稿人。我这人最不喜欢谈自己的成绩，好了，就此打住吧，再要谈成绩恐怕再加两页纸也谈不完。

　　正因为我尚不到法定婚龄就有了这样的业绩，所以，很多如花似玉的女青年都想跟我交朋友，但我想一心搞自己的事业，所以一个都没有答应，今见你的来信文笔流利，兼之你又很热爱新闻事业，跟我有共同语言，我私下觉得，如果我俩结成伴侣，将是人间十分美满的一对。这是发自我内心的，不知你意下如何？盼能速速回信告之。

　　祝撰安！

钱通神

××年×月×日

信发出没几天，钱通神接到了杨雀花的回信，信中说，她虽

第一辑　盗取芳心

然对钱通神的一切都满意，她虽然也尚待字闺中，但她尚差几个月就 30 岁了，比钱通神整整大了十岁左右，所以在年龄上极不般配，一旦与钱通神结成秦晋之好，总怕自己容颜早逝，对不起钱通神这位小弟弟。所以，她决定另找一个年龄相当的伴侣，只想与钱通神交一个"闻友"，还望钱通神这位小弟弟不要嫌她浅薄才好。

钱通神读了回信，颓然地一屁股坐到了地上。

2000 年

◀ 荒野之夜

那年我七岁，小表姐十岁。那是一个冬天，我们结伴去看望外婆。外婆家很远，下了火车还得走二十多里山路。火车晚了点，下车时天已经快黑了，我们顾不得许多，冒着凛冽的寒风，踏上了那条虽还算平坦，但却到处是林莽或草地，我们也不太熟悉的毛狗路。

天很快就黑下来了，我们的脚认不清路了，就胡乱地走着。前面突然有了一道很陡的坡，我们爬上几步又滑下来，爬上几步又滑下来，反复试了几次都没能爬上去。"我们就在这儿等到天亮再走吧！"我心里发毛，怕迷了路，于是央求表姐说。"好吧，"大约表姐也有些担心迷路，语气软软地说，

"不过，我们得烧一堆火。"说着话的当儿，表姐转身在地上抓了几把，抓起一些枯草，又从贴身衣袋里摸出一盒火柴，点着了枯草。"在家里，我得天天烧火做饭，所以我随时都揣着火柴。"表姐的脸被火光映得红红的，漂亮极了。表姐又抓了些枯草便燃起了一个火堆。在火光的映照下，我们看见了附近的一丛枯枝，

表姐很高兴地跑过去，扳下一些枯枝抱回来添在火堆中。烤了一会儿火，我想撒尿了，就踅进黑幕中。我刚走几步，突然脚下悬空，掉进了一个土坑里。"表姐，表姐，呜呜呜……"我大声哭叫起来。"你怎么了，表弟？"表姐的回答声中透着焦急，她晃着一个柴火头跑过来。柴火头微弱的亮光下，我们看清那是不久前挖的一个坑，长方形的，还散漫地扔着些棺材残块，明显是一处刚迁走了尸骨的墓穴。墓穴、骷髅、死人、棺材片，这些恐怖的东西真吓人，我不禁瑟瑟地颤抖起来。表姐把我拉起来，哄我说："男子汉，怕什么！"其实她的心也跳得厉害，夜那么静，我都听出来了。

"呀，表弟，你的手？"借着火光，表姐发现我左手的中指流着血，不过由于害怕，我也没觉着，这时候被表姐叫出来，才知道刚才被摔下墓穴时，不知被什么东西刺了一条口子。真怪，不知道一点儿也不疼，知道了却钻心地疼起来。表姐抓过我的手，也不管脏不脏就吮起来。表姐说："必须把脏东西吸干净才行。"吸完，表姐又要给我包扎，找来找去找不到布条，最后摸到头上，解下了那条她十分珍爱的，漂亮的红带子。"表弟，你撒泡尿淋淋吧，消毒哩。"表姐说。刚才没撒成的尿经表姐一提，又胀起来，我赶紧背过表姐，走几步，对着受伤的手指撒起来。一会儿，表姐替我把手指包扎好了。

表姐说："表弟，我给你唱个歌儿解解闷吧。"于是就唱起来："月亮月亮，有笼银帐，白天收起，夜里挂上。"那歌声真是又甜又美，使我忘掉了恐怖。可是就在表姐正唱歌的时候，不远的地方突然响起一声接一声的兽嚎，十分凄厉，像是在恐怖地挣扎时发出来的绝望的呼救声。我周身的汗毛又竖起来。"表姐，是不是狼啊？！"我的上下牙敲打着，声音很畏缩。"不是哩，表弟。那是一头山羊被猎人的兽夹夹住了。"表姐的话似乎很平静，但她那微微颤抖的双膝告诉我，她也很怕。表姐努力把火烧得旺旺的，似乎是在帮我驱赶心中的恐惧。

兽嚎声渐渐停息下来。表姐问我："表弟，你长大了想干什么？"我说："不知道。"表姐说："我长大了要当兵，当了兵有了枪就什么都不怕了。"我想表姐是在为我壮胆吧。

正说着，天空中升起一个又大又亮的东西来，接着又是一个，又是一个，圆圆的，下边还喷着火。"飞碟，飞碟！"我轻声惊叫着，心里再一次恐怖起来，竟死死地握住表姐的手。"那不是飞碟，那是孔明灯哩。"表姐微微笑起来，这一回她却没事似的。接着她给我解释起什么是孔明灯来。说是有人死了，要做道场，帮死人做纸房子的人就用纸做成三个纸桶，桶口上用铁丝扎些油纸捻，然后在道士的诵经声中，桶口朝下点着那纸捻，桶子就胀起来，胀足了一放，纸桶就飞上了天。表姐还说，那是三国时诸葛亮死的时候发明的，让大家以为他是升了天哩。

一会儿，夜空中纷纷扬扬地下起大雪来。表姐说："不行，我们得多储备些柴禾。"于是她叫我坐着烤火，她又去那枯了的灌丛中扳柴，一会儿就扳了好大一堆。扳完柴，我发现表姐的手上也被荆棘刺破了好几道口子，鲜血淋淋的，但她竟不说痛，也不要我给她包扎。雪下得很大，一会儿就看不见枯草的影儿了，我和表姐也变成了"雪人儿"。"表姐，我好冷。"尽管火很大，但我仍感到冷。"来，表弟，姐抱抱你。"表姐说着，解开她的花袄袄，硬把我拉到她怀里，用敞开的花袄袄把我紧紧地裹起来。我感到表姐身上的热流一股股地传进我的身体里，我很快就暖和了，不久竟进入了梦乡。我梦见我还是一个婴儿，妈妈抱着我，把我紧紧地贴在胸口上。不知过了多久，我醒了过来，这时天已经麻麻亮了，放眼一看，满眼雪光耀眼。柴禾早就烧完了，最后的火星已被大雪浇熄，小表姐头上、背上全是厚厚的积雪。她的脸乌青乌青的，牙齿不停地敲打着，显然是冷得受不了了。

这时我才看清，阻挡了我们行路的那个"坡"，原是一个大土堆——一个很大的坟墓。"表姐，你——"我心痛地叫一声，眼眶里噙满了泪花。表姐站起来，抓一捧雪在手中搓着，接着又在脸上搓着。末了说："表弟，我们走。"于是，我们的两双小小的脚踏在雪地上的"嚓嚓"的声音很响地响起来。

两个小时后，我们到了外婆家。

◀ 桂花飘香

下车时，天已经麻黑麻黑了，云低低的，还下着毛毛细雨。到外婆家还有二十里山路，怎么走？一下车就后悔起来，后悔不该跟同学打架，不该跟老师赌气而出走。后悔是没有用的，还是硬着头皮走吧。

我一溜一滑地走着。从小在城里长大的我极少走这样溜滑的山路，何况将在黑咕隆咚的夜里走，我不知道要摔多少跤，我不知道在天亮前是否可以到达外婆家。我心里正慌得紧，却听见身后"吧嗒吧嗒"地传来了脚步声。"或许来了同路人。"我心中一动，忍不住回头看。

天还没有黑尽，还能看清人的脸。走在我身后的是个跟我差不多大，也就十四五岁的女孩。她扎着两条齐肩的短辫，上穿一件红外衣，下穿一条黑裤子，脚上是一双很适应走山路的解放鞋，背着一个花布包。一看就是一个典型的村姑。她不紧不慢地跟在我的身后。但愿能跟她结伴走完这段山路，我在心中祈求。

山与天相接的地方由模糊而混沌，脚下的路由基本可视到只能见到一丝儿稀泥或积水反射的微光——天很快就黑尽了。这时候我每迈一步都十分艰难，要先用脚试一试，踩实再迈另一只脚。她没有说话，我也没有说话，我不想首先打破沉默。突然，我脚下一滑，"咕咚"一声摔到了路坎下。我的屁股摔得好疼，但我没有哼。男子汉怎么能在女孩儿面前哼呢？我摸到路边的野草要想爬上路来，但试了几次也没有成功。正要再试，一只纤细的手握住了我的右手腕。那只手像妈妈从菜市场买回的嫩姜。那只手很有力，我在那只手的拉扯下爬回了路上。

"谢谢！"我很感激她。"别谢，走吧。"她的话很轻，像微风拂过山野的兰花。她没有要继续说下去的意思。

我们又开始往前走，仍是我在前她在后。走了没多远，我的脚下又是一滑，再次摔倒，幸好这儿没有坎。这回伸来的是两只手，拖了我的左臂。我在那两只手的拉扯下站起身来。

"真不好意思。"我说。我的脸好热，想是红到脖子根了。"你们城里人，没走过这样的山路。"她的回答仍是淡淡的。但声音很明亮，像夏日的朝露。随着说话，她的手又伸过来，摸到了我的手上。"来，拉着，我走前面。"她说。她递过来的是一条布带子。我听话的握了带子任她牵着走。我仿佛成了她牵着的一只牛犊或一只羊羔。我忽然想起一句歌词来："我愿做一只小羊，跟在她身旁。"想起歌词我忽然觉得有一股微微的暖风吹过心房，令我有些儿陶醉。

思想一走神，又是"啪"的一声摔在稀泥地上。"这带子……"她只说了三个字。我估摸她要说用带子还是不行的。"有了。"

她说。她很快递过来一根竹竿。"哪儿来的？"我疑惑地问。"路边是麦地，种地人用来挡路上的牛羊的。"她答。"这恐怕不太好。"我说。"乡下人，大方着哩。"她说，"挂着走。"声音热切起来。我挂了竹竿，比先前两手没有抓处时稳实多了。我把我此行的目的地告诉了她。"快了，只有二里路了。"又走了好一阵，她说。

　　"哇——哇——"林子中传来几声怪叫。"是鬼吧？"我心里说。于是全身抖起来，脚杆也抖得厉害。脚杆一抖就站不稳，于是又一滑，"嚓"的一声，左脚踝剧痛起来，竹竿也摔到了高坎下。"怎么啦？"她问。听得出她的语气很焦急。"喔，别怕，那是夜猫子叫，时常都有。"她猜出了我摔倒的原因。"脚……扭伤了。"我说。我避开了害怕这一层，生怕在女孩子面前丢丑。"能走吗？"她又问。"不……不能。"我的脸上又一次发起烧来。我痛得有些语无伦次了。"这……"她欲言又止。"来，我扶着你走。"停了停，她说。"这……"这回轮到我欲言又止了。"别'这'了，来吧。"她像是大姐姐命令小弟弟似的。随着，她拉起我的右臂绕过她的脖子搭在她的右肩上，用身体支撑着我，一步一步艰难地向前行去。我想我身上的稀泥定然弄脏了她的衣裤。一股温软的山野清香从她的秀发上散溢出来，柔柔地抚摸着我的脸庞。这种感觉还是小时候母亲背着我，扛着锄头上山锄地时有过。走了一会儿，她便娇喘吁吁了。又走了一会儿，我绕过她脖颈的手臂感觉到她已经出汗了。

　　走着走着，我觉得本来就疼痛的左脚仿佛踩在了一根什么棍子上，接着脚踝处像被蜇了一下，然后便更加疼痛起来。"糟了，我被蛇咬了!"我下意识地叫了起来。"咬哪儿啦?"她的声音中充满了关切。"在左脚踝上。"我说,然后将绕过她脖子的手臂放下来,弯下腰去摸伤处。这时我听见她把手插进衣袋里去摸什么。不一会儿,她又"嚓嚓"地擦起来,并有火花在闪,接着一支火柴燃起来。"我兜里还剩有两三根火柴。"她说。我看见她手里的火柴盒已经早不成盒了,但磷皮还能用。她点着火柴弯下腰看我的伤处。我褪下裤子,两个红色的牙印赫然可见。脚背已开始肿起来。火柴熄了。我又听见她似乎在撕衣服。接着,一根布条子便将我的左小腿捆扎了起来。

"紧不紧?"她问。"很紧。"我答。于是她又把布条放松了些。"痛吗?"她问。"不,不痛。"我咬紧牙忍着剧痛说。其实我的头上已经痛出汗来了。"你骗我。听你的声音,颤抖着哩。还说不痛。"她责备说。"来,我给你吮吮。"她说着就扶我靠在身边的一棵树上,然后弯下腰去,捧起我的左脚,也不管脏不脏,就使劲地吮起来。她吐了一口,又接着吮起来;又吐了一口,再吮起来……一连吐了五口毒液。吐第五口毒液时,她也跟着"哇哇"地呕起来。呕完了,她说:"这儿没有水,要有水冲一冲就好了。"话音落了两三秒,又接着说:"要不,你撒泡尿冲冲吧。""这,这……"我感到有些晕眩,同时又觉得男女有别,这尿我可撒不出来。"这什么,还害什么羞呢?还是小命重要哩。"她命令似的说。"我,我……"我结巴着。"唉,别我了,快撒吧。"她叹口气说。"反正漆黑着,什么也看不见。"我想,于是就撒起来。她用手在我的伤口处使劲挤着。天黑着,撒尿没有准头,肯定撒了不少在她的手上和身上。

"你走吧，别管我了。我肯定活不成了。"撒了尿，我又一阵晕眩。我觉得毒液已经流到了我的心脏，我就要死了。"屁话！山里人，被蛇咬的多哩，哪里那么容易死！"我听见她用衣袖揩了揩额头说。也不知是揩的汗水，还是我给淋的尿。"只要及时吮了，冲洗了，挤了，是决不会死人的，骗你是猪，骗你是狗。"隔了一会儿，她又补充说。我听得出，她是在安慰我哩。

"来，我背你走。"她说。然后将我的双臂拉到她的肩上，把我背了起来。我已经晕眩得连话也不想说了，任凭她背着。一步，两步，三步……虽然我晕得厉害，但我仍感到她背着我十分吃力，再加上天黑路滑，就更加困难了。她的脚步越来越慢，过了一会儿，我便什么也不知道了。我醒过来时是躺在外公家温暖的柏木床上的，时间已是第二天中午了。我问外公我是怎么来的，外公说，大半夜的，听见有人敲门，点上灯开门一看，就见我像个泥人似的躺在地上。我对外公描述了一路的情形，外公说，那一定是桂花姑娘救了我的命。外公接着说起了一件往事。

过去，村里有个叫桂花的姑娘，她父亲去世得早，就留下她跟母亲一起艰难地生活着。到她十五岁那年，她的母亲也生了很重的病，需要很多钱来医治。桂花只得天天上山打竹笋、拾蘑菇、挖天麻……等到了赶场天背到集市上去卖了，抓药来给她母亲治病。又是一个赶集天，桂花的山货却一直没有人来问一问，她等啊等啊，天都已经黑尽了，才不得不背起山货，冒着毛毛细雨，踏着那条泥泞的山路，一溜一滑地往回走。也不知她经历了怎样的险情，第二天，人们在那条山路边的一道高坎下发现了浑身是伤的她。她已经没有呼吸了，她的山货从路边到高坎下撒得遍地都是。她的母亲本来就病得很严重，又遭受了这样的打击，也一口气上不来，跟着桂花走了。后来，在那样漆黑的，下着毛毛雨的夜晚，如果有人独自走在那条山路上，就会得到一个小姑娘无微不至的帮助。这个小姑娘来无影去无踪，没有人知道她的底细，但大家都说，那就是桂花姑娘在显灵救人。

听了外公讲的故事，我的眼前幻化出了桂花的身影，接着又幻化出一大片芬芳馥郁的桂花林，一会儿，桂花姑娘的身影渐渐淡入了桂花林中，白雪般的桂花便随风飘扬起来。

好多年过去了，现在，那条路已经变成了柏油路，并全程装上了太阳能路灯。不过，鬼姑娘桂花救人的故事，仍然被人们传扬着。

◀ 上帝与我家同在

"主啊，你在哪儿呢？你若有灵就降福给我家吧，阿门！"

在通往扎卡西山村的乡村公路边的每一根电线杆子上，都写着内容相同的粉笔字。

圣诞节那日，雪花鹅毛般纷纷扬扬地下着，美丽的伊丽佐娃老师驾着狗拉雪橇去看望舅舅时，偶然见到了电线杆子上的字。23岁的伊丽佐娃老师刚大学毕业几个月，在莫加耶镇上的小学里任教才一个月，这不，兜里还揣着当天才领到的第一个月的薪水哩。

伊丽佐娃放慢雪橇的速度，一根一根电线杆子寻着往前走。有字的电线杆子去的方向与去舅舅家的方向成钝角。天已快黑了，伊丽佐娃的心随电线杆子而去。

终于走完了有字的电线杆子。路边有一间破旧的木屋。伊丽佐娃心说："该是这里了。"

但伊丽佐娃没有向那间黑洞洞的破木屋走去，而是走向了不远处的另一幢透出明亮灯光的新木屋。

几分钟后，伊丽佐娃就坐到了新木屋主人暖融融的火炉边。

"那间破木屋的主人怎么啦？"伊丽佐娃问那有着一部又浓又黑胡须的男主人。

"惨哩！"黑胡须原本带笑的脸立刻阴了下来，说，"去年，那女的得了癌症，为了治病，卖掉了家中所有东西，包括新修的一栋木屋。哦，就是我们现在住着的这栋，可是人却仍然死了。"

"那男的呢？"伊丽佐娃趁黑胡须"唉唉"叹气的机会，又插话问道。"那男的今年在一棵核桃树上打核桃时，从树上掉了下来，瘫了！"黑胡须的声音中带着哀怜，"现在就一个十岁的小男孩守着个瘫痪在床的父亲。难啊！难啊！"

伊丽佐娃告别黑胡须一家出来，天已经黑了，但到处是白的雪，还看得见走路。伊丽佐娃紧紧风衣，向破木屋走去。

伊丽佐娃没有敲门，只把眼睛贴在一个小玻璃窗口向屋里望。屋里躺着一个又黑又瘦的中年男人，一个头大颈小身子矮的小男孩在一堆火灰中掏着一个烤熟的土豆。那小男孩捧着土豆来到父亲床前，将土豆递给父亲说："爸爸，收下吧，这是我送给你的圣诞礼物！"那男人眼里流出泪水，艰难地推着说："孩子，你吃吧，我不饿。你烧杯水给我喝就行了。"小男孩也流出了泪水。

伊丽佐娃的泪也流下来了。她掏出兜里所有的钱，那是她有生以来第一次领到的薪水。然后又掏出笔记本和笔，撕下一页纸，借着窗玻璃透出的微光写起来：

小弟弟，你的苦难上帝都知道了，上帝时时刻刻与你家同在！

写完，将纸条卷了钱，从门缝里塞进去，然后别转身走出破木屋门前的小路来到大路上，驾着狗拉雪橇驰进了茫茫雪野之中。

第二天，伊丽佐娃再去舅舅家时，看到电线杆子上粉笔字的内容变成了这样——上帝与我家同在！

◀ 走过坟场

皮小林是个胆子特小，而且自尊心又特强的山村小朋友，都十二岁了，晚上一个人到门外去都怕。怕什么呢？特怕的是鬼。长发飘飘，白衣乱晃，一张骷髅脸，尺多长的舌头红红的，眼睛里冒着绿光——皮小林的脑海中常冒出这么个鬼影子。

村里的孩子们都叫他皮胆小，这可刺伤了他的自尊心。可有什么办法呢？自己生来胆小，难道能胆大起来？

那天晚上，一群小伙伴一起到外村去看花灯戏回来，可要回村里必须经过一处坟场。

"皮胆小，你能一个人走过坟场吗？"有个叫盐罐的小邋遢鬼头鬼脑地问。

皮小林只感到自己的脸发起烧来，不敢答话。

"这胆小鬼怎么敢过坟场呢？就是一条毛毛虫也会把他吓得半死的。皮胆小，你是一只耗子投胎转世的吗？"脸皮特厚的阿赖嘲讽着皮小林。

"你……肯定是尖嘴蚊投胎转世的，嗡嗡嗡，嘴又尖，脸又厚，赶都赶不走!"皮小林反击道。

"哼,既然你不是胆小鬼,你敢一个人经过坟场吗?那里可有好多好多鬼呀!尺多长的舌头红红的,眼睛里冒着绿光,啧啧,太可怕了,太可怕了!"阿赖又厚着脸皮说,"要是你一个人走过了坟场,明天起我们就不再叫你皮胆小,而叫你皮大胆怎么样?"

皮小林太想别人叫他皮大胆了,于是他硬着头皮说:"有什么了不起的,我就一个人过一次坟场给你们看看!"

"好,那就让我们先过了坟场你再过吧,不过你得在坟场中留个标记才好,我们明天也好验证你是否真的过了坟场哩。"阿赖又说,"用什么做标记呢?哦,你把我这根打陀螺的构皮鞭子插在坟场中吧。"

"好,一言为定,我过了坟场你们可不能再叫我皮胆小了。"皮小林接过了阿赖递过来的构皮鞭子。他虽然语气豪壮,但心脏却在颤抖。

阿赖一伙人于是风一般跑过坟场走了,黑地里,只剩皮小林一人瑟缩在寒风中。还没进坟场,皮小林握构皮鞭子的手就已经出汗了,身上也因害怕而起了一层鸡皮疙瘩。但话已出口,又牵涉到今后做个男子汉,做个皮大胆的问题,所以可不能临阵退缩。

他紧紧裤带,又甩了一个响鞭,壮壮胆子,就战战兢兢地走进了坟场。

坟场里到处是大一丘小一丘馒头式的坟墓,寒风吹过坟头上的茅草,"唑啦唑啦"响,仿佛真有鬼魂从坟堆里钻出来。皮小林在心里说："别怕，没什么，不会有鬼的，很快就能走过去。"

走过了几座坟后，前面忽然闪出几点飘飘忽忽的鬼火，就像几只洞穿黑暗的鬼眼在瞪视着他皮小林。"书上说，那是磷火，哪来鬼火呢？绝对不是鬼火！"皮小林又在心里念起来。但想到那发出磷火的是死人骨头，双脚就直发软。

来到一座大坟前，皮小林决定把构皮鞭子插在这里。他弯下腰去使劲的插，直到把鞭柄全插进土里为止，然后他站起身来，可这时却感到有什么东西拽住了自己衣服的后襟，而且力气很大，叫他迈不动步子。他吓得半死，大叫一声："鬼，鬼呀！"他不敢回头看，也不敢伸手摸一摸，不顾一切的向前挣，只听见"唰"地一声响，身子顿时扑倒在地上。他顾不得双手被地上的石子搓得生疼，爬起来拖着发软的双腿又向前跌跌撞撞地跑。

忽然，右前方又晃出一个飘飘忽忽、鬼气森森的白影。"鬼，鬼呀！"皮小林不敢再看一眼，拼命向前跑，可是偏偏这时候乱坟堆中又传来"哇"的一声怪叫。

皮小林早已吓得冷汗淋淋，而且脑海中已一片空白，心想："完了，完了，我一定会被鬼吃了的。"接着"咚"一声倒在地上，什么也不知道了。不知过了好一阵，皮小林幽幽醒来，想站起来又浑身无力，就匍伏着沿着在黑夜中稍显灰白的坟间小路向前爬去，身后"唦唦啦啦"的风吹茅草的声音仿佛是无数根冰冷的针，直往他的毛孔里刺。好不容易爬过坟场，皮小林才摇摇晃晃地站了起来，并一步一步向前走去。

那夜，皮小林没有睡着。天刚亮，阿赖一伙就来吆喝了："皮胆小，皮胆小，快起来，到坟场看看去。"全不把皮小林放在眼里。一夜的折磨，皮小林脸发白，眼圈发青，仿佛真被恶鬼附了身一般。但他听见叫声，心虽然还感觉冷得发抖，自尊心却不允许他不起来。他又悲哀又可怜的想："不管怎么说，我毕竟走过坟场了，你们再不能叫我皮胆小，该叫我皮大胆了！"

皮小林于是又跟着阿赖一伙走进了坟场。白天的坟场并不可怕。在坟场里，他们找到了皮小林插的构皮鞭子。这里还有一根卡在坟丘石头中的弯得像个钩子的生锈的铁丝，想必是有人抬石头垒坟时丢下的，钩子上还有一块布片，布片的形状跟皮小林衣服后襟上的缺口一模一样，显然这根铁丝就是那个拽着他后襟不让走的鬼呀。那个白晃晃的飘忽的东西，也找到了答案，原来是一座新坟上飘着的一挂纸幡。那鬼叫是什么呢？皮小林正想着，草丛中"哇"一声飞起一只大鸟来。

"唉，原来这些东西就是我看到的鬼呀，真是自己吓自己！"皮小林的心此时才算真正安宁下来。

从此，伙伴们再也不叫皮小林皮胆小，而叫他皮大胆，尽管叫起来多少还有一点儿讽刺的味道，但毕竟比皮胆小听起来顺耳一些。皮小林的胆子也真的渐渐地大起来，也敢于一个人在漆黑的夜里走过坟场了。

◀ 跃出凹地

··

反正刘辉摔下了凹坑。是有意的还是无意的，刘辉自己也搞不清楚。

两个月前，刘辉的生命差一点结束了，那是他无意中闯到掉在地上的一根裸体电线上导致的。当刘辉从五天的昏迷中醒过来时简直惊吓得声音都哑了——他的双臂被截除了，留在肩上的只剩下两截短短的肉桩子而已。

过了好半天，刘辉终于"哇"一声哭了出来。那哭声惊天动地，引起好多人跟着流泪。十二岁，他才十二岁啊！

然后便是不吃不喝，眼睛愣愣地看人，仿佛得了痴呆症。

两个月后刘辉出了院，依然不跟任何人说一句话。没了双臂，不但生活中需要用手提、拿、打、抱等的事情没法做了，而且连身体也失去了平衡，走路都不大稳了。走平地尚且容易摔跤，更不要说爬坡上坎了。

刘辉的性子倔，他决定到山路上来练习平衡，于是摔下凹坑的事便发生了。

凹坑不大，一米多的直径，刘辉若是睡在坑中，头和脚能抵在两边的壁上；凹坑也不深，最多跟刘辉的身高差不多。在双臂未切除时，要进出这样的小土坑简直易如反掌——或用手撑，或用脚跳，或手脚并用，总之从坑中出来是5秒钟时间都要不到的。

现在掉在凹坑中就像掉在一个很深的陷阱里一样，要想出来实在不易。

他首先想到的是将一条腿抬高，把一支脚搭在坑沿上，然后使劲飞起第二支脚，一跃出坑。但他没有手了，不能起支撑的作用，所以他刚把一支脚搭上去，身子就一歪摔倒在凹坑里。

坑上拥来几个小伙伴，他们伸出手来要刘辉"拉"着他们的手出去。刘辉的手没了，伙伴们还没转过这个弯来。而刘辉的心灵却受到了极大的刺激，很敌意地看着他们。

几个伙伴终于意识到了他们的错误，一齐跳进坑来，要把刘辉推上去。谁知已经很多天没有说话了的刘辉却大吼起来："不！不！我不要你们推，我要自己上去，你们滚吧！"

看着"愤怒"地拒绝他们帮助的刘辉，伙伴们感到面对的仿佛是一个不可理喻的陌生人了，只得一个个心情沉重地躲到了刘辉的视野之外去。

他把那个办法又试了几次，每次的结果都差不多，摔得背上、腿上好几处痛起来。泪要涌到眼眶里来，却被他强忍着不让涌。

"换一种办法出坑。"刘辉想。于是他把头放低，抵在坑的一边的壁上，又抬起一条腿，蹬在另一边的壁上，身体一硬，像一根竹杆横卡在了半坑里。坑壁上的泥土中夹着些小石子，抵得头皮生疼。他歇了歇，换一条腿往稍高处蹬着然后想翘起上半身，把头挪上去一些，但头刚一动，就倒掉下去，栽到了坑底。由于头先落地，下坠力大，刘辉的脖子也被弄得很疼。

头上、脸上、身上到处都是泥土，刘辉简直成了个泥娃娃。

有两个三四岁的玩皮娃娃来到了坑沿上。男娃娃说："刘辉哥哥，下边好玩吗？你抱我下去吧。"甜甜的童音发出的那个"抱"字，要在平时，刘辉觉到的只能是一种企求或陈述而已，或者什么也感觉不到，而此时此刻一个需要用双手才能完成的动作的表述字眼，却像利剑一下直刺他的心灵深处，把他的心尖子也刺出鲜红的血液来。

刘辉的泪再也忍不住，顺着脸颊流了下来。女娃娃又叫起来："刘辉哥哥，别哭别哭，妈妈说，爱哭的孩子不是好孩子。刘辉哥哥，上来跟我们玩老鹰抓小鸡的游戏好不好？"又一柄利剑——一个"抓"字——向刘辉的心尖子刺来。刘辉的身体颤栗了一下，望着两个天真善良的小娃娃，忍着心上和身上的伤痛说："小弟弟、小妹妹，你们玩去吧，哥哥还有事哩。"两个什么也不知道的小娃娃见平时挺喜欢他们的刘辉哥哥不肯跟他们玩，遗憾地走了。

"我一定要自己出去！"刘辉咬咬牙，左右地使劲扭着脖子，将脸上的泪水擦到两支肉桩上，又开始行动起来。他先把身子卡在半坑里，挪动一只脚，再挪头，接着又是"咕咚"一声摔下坑底。再试再摔，试了十次摔了十次，头皮上都被刮出了好几道血槽子。

他又换了一种方法。将头立在沿壁的坑底，然后艰难地试着将身体倒立起来。他想用双脚勾住坑沿，像荡秋千一样把身体摔出坑去。

没有手做倒立也是很不容易的，他在做了五次后才使身体贴着坑壁摇摇晃晃地倒立起来。但他是面坑而立的，脚尖朝着坑的方向。于是又只好艰难地转动身子，想把身子转成面壁而立，使双脚好勾住坑沿。然而，他刚刚扭动了两下身子，就"噗"一声倒了下来。他只得又试着把身子立起来。试了三次才立稳，扭动身子时，虽差一点又摔下来，但终于稳住了，转过了身子。做到这一步，刘辉已累得气喘喘的了。尽管已是深秋，寒意已经袭人，但刘辉的汗水却已经流了好几次。这不，刚刚做到这一步，汗水就已经流出来了。汗珠子直往眼眶里灌，弄得眼睛火辣辣地痛。

刘辉要做的第二步是"荡秋千"。他运足了气，嘴里"嗨"地大吼一声，一翘身子便荡了起来。但荡得并不高，而且回荡了下来，"噗"一声，一张脸扎扎实实地撞在了坑壁上。接着双脚又被弹落下来，"咚"一下，整个身子又倒在了坑中。脸上被撞出了几道血痕，鼻子也被撞得火辣辣地痛。鼻子仿佛是跟眼睛连在一起的，鼻子受了创，眼泪便管不住，"扑涮涮"地直掉。

他歇了一会儿，又开始做倒立，这一次做起来稍稍快些，而且荡得也要高些，当荡回来时，肚子尽量挺着，受到的创伤比第一次小。"我一定能荡出去！"刘辉看到了希望。

天渐渐暗下来。刘辉开始做第七次倒立。"辉儿，辉儿……"刘辉刚把身子立好，坑沿上传来了爸爸心疼、怜爱的声音。刘辉心中一热，"嗨"一声又荡了起来。这一次荡得几乎跟坑沿齐平了，但仍是荡落了下去，摔下了坑中。

"辉儿，你在干什么呀？爸爸抱你上来吧！"爸爸的声音温暖而焦急。看着儿子一身一脸的伤痕和泥土，爸爸的眼睛热起来。

"不，爸爸，我一定要自己出去！"两个月来刘辉没有跟爸爸说过一句话，这时候他在即将胜利的信心驱使下，竟然跟爸爸说出了这样一句热切的话。

"好，爸爸相信你能战胜这个凹坑，也相信你能战胜今后生活中的许许多多的凹坑。"爸爸的话是鼓励是期望，还有很深很深的含义。

听了爸爸的话，刘辉觉得身上似乎增加了几分劲道。倒立——转身——勾住坑沿，准备工作做得很轻松。

爸爸说："好，我们一齐数一、二、三，然后你便向上荡起，这一次肯定成功！"刘辉扭头看了一眼爸爸，眼睛里闪出坚毅的光来。爸爸看着刘辉，又鼓励地点了点头。

"一、二、三——嗨！"父子俩的喊声把秋寒撕开了一道裂缝，接着刘辉便燕子般荡了起来，他的身体高过坑沿了，接着只见刘辉凌空一滚，已躺在了坑沿之上。

"辉儿，辉儿，你成功了！"爸爸赶忙抱起刘辉，把他紧紧地搂在怀里。父子俩激动的泪水流在了一起。

第二天，第三天……刘辉天天跳下凹坑练习身手，一个月后，刘辉已经能用好几种方法轻松地出坑了。他的脸上终于荡起了能战胜一切困难的自信的笑容。

◀ 秀 儿

这个故事发生的年代已经没有人记得了。

那时村子里住着两公媳妇——秀儿和她公爹。就两公媳妇，家里再没有其他人了。就这样已经住了五年了。

公爹苍老多病，身体羸弱；秀儿二十出头，出落得一朵花似的，苹果红的脸上透着少妇的成熟风韵，惹得村子里的花花公子们垂涎欲滴。

公爹想："我还是早些死掉吧，省得拖累这女娃子。"于是他便有些折磨自己：大冬天的，他常常把棉衣棉裤脱掉，只穿一件汗衫；大热天的，他又穿得厚厚的焐得浑身冒汗。

秀儿看见可不行，冬天秀儿会拾起棉衣棉裤亲自给公爹穿上，夏天秀儿会给公爹脱掉。

公爹尽管折腾着，可就是不生病。

有一回公爹跑到雨中去淋雨，淋了三袋烟工夫秀儿才看见。秀儿把公爹拖进屋里，为他换上干衣服。

秀儿估摸着："公爹这次准病，得去给他撮药。"

于是披上蓑衣、戴上斗笠就向外走。二十里外才有郎中，大半天后，秀儿回来了，一身的泥水，一身的疲惫，苹果红的脸也变成苍白的了。

她推开公爹房间的门，见公爹高高地吊着，已经咽了气。秀儿手中的药包撒了一地，捧着脸号啕起来。

这一顿号啕别人不理解，只有秀儿自己明白。号啕之后，秀儿解脱似的住了声。

秀儿终于没有改嫁——有人说她是白虎星。

第二辑

鬼拍门

◀ 人　蛙

　　蛙人原本是人，姓李名广源，一个堂堂的镇长，三十四五岁，体肥脑满，个子不高，嘴唇厚而且油，走路有点儿左甩右甩的，后来变成了蛙。我觉得这件事稀奇古怪，就忍不住写了下来。

　　李广源是怎样当上镇长的，这件事我不太清楚，但他当上镇长后干的一些事却是我耳闻目睹的，所以印象还深。比如说有一次我给他写了一篇讲话稿，他念时竟念错了好多字和句子，把"庞大"念成了"龙大"呀，把"蹉跎"念成了"差它"呀，把"老实巴交笑嘻嘻"念成"老实，巴交笑嘻嘻"呀，令听的人想笑又不敢笑出来，肚皮里一扯一扯的，真难受。而他却照样起劲地念，不笑也不歇气。有一回，一个疯子闯到镇政府嬉闹，惹得李广源火起，便叫人把疯子捆在篮球架上，亲自拿起篮球使劲砸那疯子的头，篮球四面八方乱抛，李广源跑来跑去地捡球，累得吭哧吭哧地直喘粗气。那疯子开始还觉得好玩，嘻嘻地笑，后来痛得受不了，就哇哇大叫。过了那一次，那疯子便再也不敢到镇政府里来嬉闹了。李广源还特能吃，每天要么公费吃馆子，百儿八十的，签个字就走人，有时候欠的吃喝款多了，没钱给就躲，就换别的馆子吃；要么命人请他吃，这便连字也不用签，也不用躲债。长翅膀的他叫"毛毛菜"，四条腿的他叫"地萝卜"，水里游的他叫"泡咸菜"，谁都知道他的这套"黑话"，所以只要他一动嘴，便给他上"毛毛菜""地萝卜"和"泡咸菜"。他吃醉的时候多，有时候醉了钻到别人的房里睡了一觉也不知道，或者找不到路回家，或者拍着电杆称兄道弟，有趣得很。他是怎么富起来的我也不大清楚，反正当了两年的镇长就修了一座价值几十万元的豪宅，说来你不信，单那竹地砖，就要250多块钱一个平方哩，啧啧。可有一点我是清楚的，凡是他下乡，必定要顺手牵羊从养殖户、种植户那里要些土特产回来。这不，他变成蛙这件事情，就是他向一个养蛙个体户要了几只牛蛙引起的哩。

那天，他叫我跟他一起下蛙鸣村去转转。转到下午，李广源便带着我跟他一起去到了牛蛙养殖户张牛娃家。张牛娃没有在家，接待我们的是张牛娃的老婆。张牛娃的老婆要生火做饭给我们吃，我们拒绝了，因为我们刚从村主任家出来，还打着酒嗝哩。李广源便说，饭就不吃了，你有心就给我捞几只蛙吧。张牛娃老婆的脸上闪过一丝阴影，但随着又荡起了笑脸，虽然肉并没有笑。她拖拖拉拉地找来网兜，又慢慢吞吞地伸进蛙池，网了五只不大不小的花肚皮牛蛙，再把家里桶中那只看起来要鲜嫩得多的牛蛙一起做一处用塑料袋装了，说一声："六只，六六大顺！"就递给了李广源。我帮李广源提了蛙，一路听着李广源打酒嗝。回家的路上，那只鲜嫩得多的蛙从袋中跳了出来。为了捉跳出来的蛙，我们在一块稀泥地里扑来扑去扑了好大半天，弄得满头满脸都是泥才捉住了。是李广源捉住的，是他不顾一切地趴在稀泥地上用装满酒的肚子把蛙压着才捉住的。

　　回到镇政府我们就分了手。第二天便传出了惊天大新闻——李广源变成蛙了。我赶忙去看他，发现他还是人身，只是趴在地上跳来跳去，"咕咕"地学蛙叫，还不时跑到门前的大水缸里去泡一阵。"毛毛菜""地萝卜"和"泡咸菜"他全不吃了，只一心一意要吃蚊子。害得一群孩子跑来跑去地为他捉蚊子，累得汗水大颗大颗滴也不够他吃。他看着我想说什么，可说出来的只有"咕咕"的声音，我一点儿也听不懂。他的眼睛里充满了悲哀的泪水，可怜巴巴地看着我，令我不寒而栗，赶忙退出来，张罗着要送他去医院。送他去了医院后，我心里奇怪，就去问张牛娃他那蛙是怎么回事。张牛娃说，他家里桶中那只牛蛙，并不是他家养的，而是长在他家蛙池边的楠竹中的。那天，他去砍一棵大楠竹来编挑粪的筐子，谁知剖开楠竹时，却发现一截竹筒中竟藏着一只鲜嫩鲜嫩的蛙，那蛙的眼睛特水灵，盯着张牛娃像要说话似的。张牛娃感到十分奇怪，这楠竹又无眼无孔的，怎么竟有一只蛙蹲在里面呢？他没有声张，他怕十分迷信的老婆会一惊一乍，于是就悄悄养在一只桶里。哪知道，他老婆会把这只神奇的蛙当成一只普通的蛙送给了镇长李广源。

　　为了医治李广源的怪病，镇里专门派我护送他去北京、上海、重庆等大城市治疗，成百上千的医生对他进行过会诊，但都不知道他究竟得了什么怪病。我跟着他还得侍候他，累得整天腰酸背痛的，可是一点效果也没有。我还带着他偷偷去找巫婆跳了大神，找和尚道士念了经，也没有效果。后来他还到美国去进了医院，只是我没能陪他去，是一位副镇长陪他去的，出国的机会太难得，我一个小秘书自然是争不到的。在美国也没有查出病来，而花镇里的钱比全镇一年财政收入的一半还多。看来，李广源的病是非人力可以治好的了。张牛娃家也倒了霉，李广源的老婆天天去泼去闹，害得张牛娃家花光了所有的积蓄不说，还把房子也卖了，蛙池也卖了，都给了李广源的老婆，一家人只好外出当盲流，以捡拾废纸卖过日子。

有一天，李广源突然想下河，打着手势叫我陪他去，我想，他肯定是蛙性犯了，要去游游水吧，便十分不情愿地陪他去了。哪知道他脱了衣裤下到河中，竟变了体态，俨然成了一只偌大无比的蛙，肚子花花的，那"咕咕"的叫声十分响亮，二三里路远也能听到。我一惊非小，赶忙奔回镇里报告，镇里的人全部赶了来，大家一齐下到水里要去拉他起来，可是李广源变的蛙在水中游得十分利索，任大家围追堵截也沾不到他的边，只好作罢。李广源的老婆孩子也只得泪眼汪汪地离他而去。

有人问我，李广源的老婆孩子或许也吃了那蛙的肉，怎么没有变蛙呢？这一节不但我没有想明白，连李广源的老婆孩子也没有想明白。

后来，那河中便天天有响亮的蛙鸣声传来，引得好远好远的人都来看稀奇。但是过了几个月，那蛙鸣声便消失了，也就是说不知道李广源究竟去了哪里。

"唉！唉！"人们谈到这件事时，往往用一声长叹来作个结。

2001 年

◀ 鬼拍门

　　老黄还不到四十岁，就当上了副市长，大权在握，那份得意劲就不用提了。可静下来时，老黄又总觉得少了点儿啥。

　　究竟少了点儿啥呢？老黄想来想去好几天，终于想明白，原来是少了点儿浪漫激情。如今春风得意的官们，有几个不包二奶，不找周末情人的？人家刘副市长不就包了个水蜜桃一般的二奶吗？你看老刘的眼神，整日里荡漾着得意的春风哩。还有马副市长，听说与他的小姨子也有几腿，怪不得脸蛋儿总红扑扑的，极有浪漫情调。于是老黄便动了心。

　　手中大权在握，想什么好事都成，想睡觉有人给你送枕头，想撒尿有人给你提夜壶。那天，老黄正在办公室一边看报纸一边想入非非，忽有一个丽影晃进来，嗲声嗲气地说："黄市长，求您办个事成吗？"老黄们那儿的人叫副职时，总是去掉"副"字的。老黄抬起头来，见是他管辖下的一个单位的秘书，最近刚离了婚，又没有孩子，一个人住了好大一套房子。

　　"啥事呢？"老黄一脸和悦地问。老黄平时在下属面前总是一副很威严的样子，从没像今天这样和悦过。

"哎，我弟弟在乡下都工作好几年啦，总调不回来，想求您……"那女秘书一脸苦相地说。

"这事难办啊！如今……"老黄的眼光在女秘书身上从上到下扫了一遍后，漫不经心地说，"这样吧，让我想想，今晚给你答复吧。"说到"今晚"时，语调又慢又重。

那丽影将一张写着电话号码的纸条塞给老黄后就晃出了办公室。临出门时又回眸一笑。老黄坐在那里便心旌摇荡，一句唐诗老在他的脑海里晃来晃去——回眸一笑百媚生。那女秘书确实漂亮，特别是那丰满而诱人的臀部和高挺的乳峰，更是牢牢地粘贴在老黄脑海的屏幕上，久久不能淡去。

整整一天，老黄不知道自己都干了些啥，总是心神恍惚。记得最清楚的一件事就是叫人去人事劳动局要了几张调动申请表。好不容易挨到下午下班，给家里打了个电话说是要开会不回家吃饭了，然后带着调动申请表贼似的在一个小巷的小餐馆里胡乱地对付了一餐，就打电话给那女秘书，一是问女秘书家的准确位置，二是想火力侦察一下女秘书家里有没有外人。

"喂……我老黄呀，你的事情有眉目了，不过得填张调动申请表。哦，对了，表我都找到了，这会儿我正在散步，你家住哪儿哩？我顺便给你带来吧……河滨路127幢3楼5号……你家里好像有很多人似的，怎么这么吵呀……影碟……就你一个人！哦，好好，你不必出来了，你出来也找不到我，还是我顺道给你带来吧。"火力侦察的结果令老黄十分满意，于是他叫了一辆机动三轮，飞快地向女秘书家驶去。三分钟后，老黄就扣响了女秘书家的房门。

女秘书是穿着一件半透明的薄纱睡裙来给老黄开门的。那薄纱睡裙是吊带装，女人的大半截酥胸和肩背裸露着。女人的头发湿湿的，显然刚从浴室出来。

"劳黄市长大老远送来，真不好意思，进来坐会儿吧。"女人感动地说。"那就坐几分钟吧。"老黄的心头被一股热流一撞，就再也顾不得庄重，有点儿野蛮地挤进门去。

女人将老黄让进客厅坐下，又是敬烟又是沏茶，还提出一瓶红葡萄酒要陪老黄喝几杯。客厅的灯光红红绿绿，温馨而舒爽。美人美酒，老黄一会儿就再也按捺不住，伸手握住了女人的纤指。女人也没有反对，老黄又一挪屁股坐到了女人那边去，不想却碰倒了身后的一只音箱。

老黄没想到这么容易就得手了。

"宝贝，走，去卧室吧！"老黄被欲火烧着，全然没有了副市长的风度，完全跟一个嫖客一般无二了。

"嗯，怎么还带着这玩意，一会儿在身边响起来多扫兴呀。"女人的手摸到了老黄的手机，顺手摘下来往旁边倒着的音箱上一丢，就双手圈着老黄的脖子，任由老黄抱到了卧室里。

卧室里的灯光更温馨柔和，与以水红为主色调的被子床单融为一体，正是理想的温柔之乡。老黄已实在按捺不住，三下两下扒掉自己的衣裤，又野蛮地将女人剥笋子一般剥了个精光……

可是，正当老黄跟女人缠在一起时，一阵"嘭嘭嘭"类似拍门的声音传进了卧室。声音虽然不大，老黄却一惊非小，示意女人不准出声，而且极不情愿但又飞快地穿衣下床。那"嘭嘭"声时断时续，固执地响着。吓得老黄心惊肉跳，冷汗直流。

"怎么办？"老黄问女人。他想，要是这事露了馅儿，被人抓住了，他的仕途就完了。

"怕什么！"女人说。女人还镇静些，一副"我是寡妇我怕谁"的神态。

"喂，谁在敲门！"女人高声问。但门外没人答应，"嘭嘭"声仍然时断时续，仿佛瘟鬼前来催命似的。

"糟了，肯定是政敌故意要把我困在屋里哩！"老黄越想越害怕。

可老黄也不是容易受制于人之辈，要没有三下两下，怎么能爬上副市长的宝座呢？过了一阵之后，老黄渐渐地镇静下来，想起了对策。"男子汉大丈夫，岂能让尿憋死，三十六计，走为上计。"老黄果断地作出决定。

于是将女人的床单、窗帘甚至睡裤统统接起来，一头拴在床腿上，一头扔出窗外，就奋不顾身地翻出窗户顺着这根花里胡哨的绳子往下滑。可是滑到二楼时，"砰"一声撞在了二楼的窗玻璃上，二楼的住户以为是盗贼来了，推开窗户大喊起来："抓贼呀！抓贼呀！"这一喊不打紧，整幢楼及邻近几幢楼的居民们纷纷推窗观望，有的还涌到楼下，将老黄逮个正着。"110"干警接到报警电话，也很快赶到了现场，不知市电视台的记者怎么知道了这件事，也扛着摄像机来了。当晚，老黄成了全市焦点。

接着，老黄被撤销了副市长职务，变成了一介布衣，再也威风不起来了。后来，那女人对她的好友说，其实那晚并没有人敲门，而是老黄的爹突然脑出血发作，他妻子狂打老黄的手机要催他回去。谁知老黄的手机是调在震动挡的，又阴差阳错地放在倒置的音箱上，手机一震动，那音箱便发出"嘭嘭嘭"的声音，仿佛鬼拍门一般。也是老黄做贼心虚，才闹出那场轰动全市并被媒体传到全国，断送了老黄前程的丑闻来。

2002 年

◀ 冰冻活人

比牛文年轻十岁，刚调来不久的一把手拍了牛文一次肩："老牛呀，好好干，你的问题我会考虑的！"牛文于是兴奋不已，心想："想不到四十多岁，已快日落西山的我却要交官运了，嘻嘻！"于是牛文便整天兴奋着生活在一把手那句神秘莫测的话里，憧憬着美好的未来。可是过了好久，也没见有人来考察他牛文。牛文便想道："是不是我没有向一把手进贡呢？对，肯定是这缘故。如今的领导都这样，先故意放出些言语来，然后来个姜太公钓鱼，愿者上钩。"

牛文的脑袋瓜子并不笨，很快就想出一招进贡的绝招——打贿牌。就是不明着行贿，而是借打牌之机故意输些钱给一把手，这样一把手拿着也心安理得，他牛文的问题也解决了。但接着要思考的问题又来了：怎样才能不显山不露水地把钱输给一把手呢？当然，这个问题也没有难倒猴儿精的牛文，他想起了牌友中流传的一个赢钱秘诀——若要跟哪几个人打牌，先前就将那几人的名字写在纸上，放到冰箱里冻上一阵子，这样你就会只赢不输了。牛文决定倒过来用这个秘诀，先把自己和另两个陪客的名字放到冰箱里冻一阵子。"哦，为了万无一失，我不如钻进冰柜里去冻一冻再打牌，可就保准输得更厉害。"牛文想得更深刻、更透彻。

想好这一层，牛文便牛不停蹄地抓起了落实。那晚，牛文约来了一把手和另两位牌友。一把手和另两位牌友到了后，牛文借故去方便，进到里屋就脱得赤条条地钻进大冰柜里冻起来。牛文身上冷得瑟瑟发抖，口中还念念有词："上帝、神仙、菩萨统统来保佑我，让我输给一把手，让一把手赢得高高兴兴，提拔提拔我。阿弥陀佛，阿门！阿门！阿弥陀佛！"

一把手三人左等右等不见牛文出来，都不耐烦了，说要走。牛文的妻子慌了，说："再坐一会儿吧，我给你们拿冰冻西瓜吃。"谁知牛文妻刚打开大冰柜就被赤条条地冻在里面的牛文吓得"啊"一声昏了过去。牛文被冻得青红紫绿，并结满了冰花，就像一扇冻猪肉。牛文妻没敢看得十分清楚，还以为是一具死尸，所以才有那惊叫加昏厥。一把手三人听到牛文夫人的惊呼声，赶忙来到里屋查看究竟，这才发现牛文被冰粘在了冰箱里，已经奄奄一息了。

牛文虽然经抢救脱险，但钱却没有输成，而他当官的梦想当然也就彻底破灭了。一把手私下说："牛文神经兮兮的，难当大任！"牛文功败垂成，便彻底绝了入仕之念，整天念着他那句人生格言："人到四十三，犹如烂船下陡滩。"一心一意地侍弄起他家阳台上那几盆并不名贵的花草来。

2001 年

◀ 厕所换牌

．．．．．．．．．．．．

某局干部何为，虽无才少德，但头脑活络，拍马有方，深得局长赏识，被升为局办公室主任。

新修的办公大楼落成，可设计有些损，每层楼的厕所都不分男女。当时的局长是个中年的肥胖男人，局长室设在 4 楼，局办公室就在局长室的隔壁。刚搬进新办公楼时，为了方便局长排泄，何为便按楼层数，以男双女单的分布法钉牌分出了男女厕所。这样，在 4 楼办公的女士得到 3 楼拉屎撒尿，在 3 楼办公的男士又得到 4 楼或 2 楼撒尿拉屎……虽然有些人觉得不方便，但几天一过也就习惯了。

谁知几个月后，胖局长因贪污受贿蹲了大牢，新来的局长却是一位未婚的红颜靓女。新局长到任的第一天，何为的头等大事，就是在女局长的眼皮底下忙着给厕所换牌，以此拍上新局长一马。只十来分钟的时间，厕所的分配换了位，变成按楼层数以女双男单分配了。

牌子换起来容易，可工作人员的记忆已经形成了定式，很难一下子换过来，于是频频发生走错门道的尴尬事。

　　就在换厕所牌那天，何为中午吃请喝多了啤酒，下午上班一会儿就感到有些尿急，可偏偏婚外情人打电话来与他吹牛，等那女人挂了电话时，何为简直就快憋不住了。不知是憋急了还是忙昏了头，何为竟一头闯进4楼的女厕所，拉开裤子就撒起尿来。何为的尿才撒一半，又想拉屎，一伸手趿扈地拉开了掉了插销的1号蹲位的门，谁知女局长正红着脸在蹲位上蹲着。何为一惊非小，半泡尿来不及刹车，往裤裆里尿着就狼狈地逃了出来。从此，何为落下了夜尿不禁的怪症，夜夜尿床，久治不愈，人也渐渐精神不起来了。后来，局里实行竞争上岗，何为因无才少德，从办公室主任的宝座上跌了下来。再后来又在量化考核中，被末位淘汰制从工作岗位上淘汰了下来。

2001 年

毛三"索贿"

　　那天，毛三忽然想出一个歪招，他想冒充县里的某个主要领导到乡镇去诈一笔钱。毛三想：现在好多领导都要受贿索贿，我何不冒充他们给乡镇的头头们写信，让他们自己把钱给我送上门来呢？灵感来了后，他就开始思考细节。毛三是个虽然懒惰，但头脑却很灵光的人，不一会儿他就想好了全部细节。他为自己想出了一个不用费多少力气就可以大把大把地来钱的好主意而兴奋不已。于是，当晚他便买了一只烧鸡，从他那张破床下翻出一瓶陈年老酒慢慢地品尝起来。酒足饭饱后，纳头便睡，可是由于好主意和酒精两种兴奋剂的刺激，他怎么也睡不着，翻过来滚过去地把床板压得吱嘎嘎直响。直到公鸡都叫了好几遍，才迷糊了一会儿。可就是这一会儿的迷糊，还做了一个好梦哩，他梦见自己盖了一幢特气派特气派的别墅，别墅里有写字间，有练功房，有游泳池，有保龄球室，有……总之，并不比一家五星级宾馆差，而且，住在这里的，除了他那美貌妖艳的年青夫人外，还有一位水灵灵的情人，和一个乖巧可人、温柔似水的女秘书……

天亮后，毛三就忙着去做他的准备工作。他首先去沿街寻找信箱，1、2、3、4、5……他一路数下去，找了两个小时，终于找到了他要找的888号信箱，这个信箱原是一个孤老人的，这位老人已经于一个月前过世了，现在这个数字十分吉利的信箱正好空着。"真是天助我也！"毛三选定了这样一个好信箱，高兴得一跳三尺高。接着毛三又到一家刻章铺去刻了一枚他选定的那位县委领导的私章。下午，他又买回一册电话号码本，并以某报社记者的名义，询问到了全县24个乡镇的书记、乡镇长和分管经济部门的副书记和副乡镇长的姓名。准备工作做好后，他连夜给这些乡镇的头头脑脑们写"索贿"信，向他们暗示，如果他们想要升哪一级的官，就按他定的价给他寄一张活期存折到888号信箱。毛三还在信末盖上了他私刻的那枚印章。写好五十封信，天已大亮了，毛三匆匆地用开水泡了一包方便面吃了，就赶到邮政局，把这五十封将可以给他带来数十万元好处的"索贿"信投进了邮筒。

做完这一切，毛三回到他那一人吃饱全家不饿的家里，睡起了大觉。除了吃饭上厕所以外，毛三五天五夜都躺在床上做着好梦，他的梦越做越好，从修别墅到买飞机，从越洋游览到星际旅行，真是能想到的他都梦到了。到了第六天，他估计已经有人给他寄来存折了，于是天黑不久，他就打的来到了888号信箱处，前后左右看看，黑洞洞的楼道里竟没有一人出入，就掏出自制的万能钥匙，打开了888号信箱，但就在这时，楼道里的灯突然亮了起来，五名威武的公安战士出现在楼道里，把毛三夹在了中间，随即，一副铮亮的手铐套在了毛三的手腕上。原来，接到毛三"索贿"信的乡镇头头们把信交到了县纪委，于是，县纪委便联合公安局布下了这张专捕毛三的网。

呜呼，毛三"索贿"不成，反而栽进了大牢。

2002 年

◀ 神秘的保险柜

一个小偷跟开锁王学了开锁绝技后，决定找个目标展示一下，发第一笔横财。

他混进了一个花园小区。那是全市最豪华的住宅区，但由于楼房未售完，管理制度也还没有健全，所以要混进来并不是难事。

他观察了好一阵，确定 A 栋三楼是售给了住户的，而且一看那严严实实拉着的美丽而豪华的窗帘，就知道是一户钱多得不得了的主儿。

他悄悄潜上三楼，在门外听了好一阵，没听见屋里有一丁点儿的动静，再想想刚才在楼下所见的那拉得严严实实的窗帘，小偷确信屋里没人。小偷于是立即施展从开锁王那里学来的绝技，三下两下就弄开了防盗门的锁。

小偷进了门，东翻翻西找找，值钱的东西虽然不少，可都不是那么容易拿走的，因为它们都比较的占用手脚。小偷最后盯住了一个很大的保险柜。小偷想入非非："这么大的保险柜，里面定然装着许多值钱的东西，说不定还有大笔的现金。嗨，要有个美女才好哩。"

小偷于是又施展绝技开保险柜。这虽然是一个不简单的保险柜,但小偷的开锁绝技也确实了得。不到十分钟,就撬开了保险柜的锁。

小偷欣喜若狂,这时,在他的脑海里幻化出了一幅幅诱人的图景:大堆的现金——有人民币,还有美元、欧元、港元、新加坡元等,足以装满满的一麻袋;还有一大堆高档饰品:金戒指、铂金耳环、钻石项链等,宝光闪闪,多得数都数不清。

小偷很激动地拉开了保险柜那厚重的门。可是却有一支黑乌乌的东西顶着了他的脑门。

"不许动!动就打死你!"是一个女人的带着点儿娇滴滴的声音。随着声音出来的,是一个光洁如玉、一丝不挂的美人胴体。

小偷大惊失色,怎么也不会想到保险柜里关着的竟然是个裸体美女。他的心跳得厉害。但在黑洞洞的枪口下,他又岂敢有非分之想呢?

"把柜里的东西统统拿出来!"那裸女命令道。

小偷只好乖乖地把手伸进保险柜里去掏里面的东西。

的确是个小偷想像中的宝库:一大堆的金钱和珠宝。小偷的眼睛都绿了,但保命才是第一位的。

"钻进去!"等小偷掏空了保险柜,裸女又命令道。

小偷不敢反抗,只得钻进勉强能够挤进他整个身子的保险柜里,紧接着,那厚重的门便关上了。

曹局长把老婆哄出门后,顾不得上班,急急忙忙赶回来。本来老婆出差了，说好的要过几天才回来，他才把局里的漂亮打字员弄来过夜的，可谁知天快亮时，老婆却突然回来了。幸而房门反锁着，他才有时间把个心肝宝贝儿连衣服也来不及穿就塞进了保险柜里。那里不仅有他贪污受贿来的大堆金钱和金银钻石首饰，还有他托人从边境上买来，准备着一旦事情暴露时负隅顽抗的一支手枪。

曹局长心里很急，他实在怕他的心肝宝贝儿在保险柜里闷死了。要是闷死了，他的问题当然也就会很快暴露出来。

曹局长急急忙忙地打开房门进了屋，又急急忙忙地掏出保险柜钥匙向保险柜走去。

保险柜打开了，曹局长憋着尖嗓子叫道："宝贝儿，快出来吧！"谁知先是一支黑洞洞的枪口伸出来。

曹局长又说："宝贝儿，别开玩……"一个"笑"字还没有说出来，才发现举着枪出来的竟是一位公安战士。同时屋里也突然冒出来了好几个穿警服的人。

原来那打字员扛着一袋金钱首饰从曹局长家出来时，被楼下的一家住户瞧见了，那住户见她神色慌张，就打了110，110很快赶到，擒住了那位打字员，立即突审，又抓走了小偷，并作好了部署，才演出了这收尾的精彩一幕。

2003 年

◀ 一个镇长的自我剖析材料节录

　　某镇开展了一次学习教育活动，要求每个参加学习教育的对象都要写一份自我剖析材料。自我剖析材料共分三个部分：取得的成绩和经验，存在的问题和不足，今后努力的方向，其中"存在的问题和不足"是自我剖析材料的重点。镇长的自我剖析材料共一万字，现节录二、三两部分于下：

　　二、存在的问题和不足

　　在这次采取书面填写、设意见箱、开座谈会等多种形式广泛征求群众意见的活动中，群众对我的意见集中反映在一个问题上：建议我要注意休息，不要搞垮了身体，身体是革命的本钱，搞垮了身体不是我个人的事情，而是影响全镇经济发展的大事，再往大里说，是影响全县乃至全省全国全世界经济发展的一件大事，因为我是一镇之长，镇是组成县的细胞，县是组成省的细胞，省是组成国家的细胞，国家是组成世界的细胞，所以搞垮了我的身体是会给国家给世界带来巨大损失的，建议我为了国家繁荣，为了世界进步，一定一定，千万千万要保养好身体，否则他们全镇人民是决不答应的。

我反复读了梳理出来的群众意见，深感震惊。我因过去吃的高蛋白太多得了高血脂、高血压而痛悔；我因过去喝了太多的酒得了胃溃疡、胃穿孔而痛悔；我因过去抽的烟太多得了肺气肿、肺结核而痛悔；我因没日没夜地工作，甚至置妻儿不顾，竟累出了羞于启齿的病而痛悔。总之，我已经充分认识到了自己的重大错误。

我还有一个派生出来的错误是：太主观武断，太自高自大。同志们经常都在规劝我要注意身体，要注意身体，而我竟然充耳不闻，听不进群众的正确意见，犯了脱离群众，凌驾于群众之上的严重错误。

三、今后努力的方向

我一定虚心听取群众意见，今后努力做到以下几点：一是"今年春节不收礼，收礼只收脑白金"，这是防止别人送烟送酒，既确保廉洁，又确保我身体健康的一条硬措施；二是除了招商引资等重大工作以外，不再"向烟花路儿走"，以免"天赐与我这般儿歹症候"；三是"该出手时就出手，风风火火闯九州"，不该出手时就不出手，大休日、节假日决不能不休。以上几点，敬请各位领导和同志们严格监督，如发现我违反了，还请毫不留情地对我提出严肃批评，帮助我改正错误。

2001 年

◀ 小偷请客

　　有个小偷看中了盗窃的目标，那目标是个机关家属小院，那里常停着些自行车，如果趁那里的人不注意时，偷走一辆是完全可以办到的。那天，小偷悄悄地混进了小院。

　　小偷刚用万能钥匙开一辆自行车的锁时，却不料有人进了小院。那人见小偷在开自行车锁，又不是院里的人，就转身关了院门，高喊起来："抓小偷呀！抓强盗呀！"楼上很快便下来了几个男人，将小偷扭住了。

　　小偷苦苦哀求："各位叔叔伯伯，放了我吧；各位领导，饶了我吧。我上有老母生病在床，下有妻儿需要照顾，又没有偷着你们的东西，求求你们饶了我吧！"

　　一个身材不高，肚子挺大的人说："那好，就饶你这一回，但你得请我们几位吃一顿饭才能饶你。"

　　小偷想："算我倒霉，偷鸡不得倒蚀一把米，看来得花个百儿八十的，才过得了这道坎儿。"

　　于是说："行行，各位就说到哪里去吃吧。"

肚子挺大的人说："你们各位说说，看到哪儿去吃好些？"

一个身材高大的红脸膛说："就去美眉酒楼吧，听说那里新来了一批年青漂亮的服务员哩。"

一位矮黑的说："听说这几天还新推出了好多新花样的菜，何不尝尝去？"于是，一行五人拥着小偷就往美眉酒楼而去。

一路上，小偷听他们你一言我一语地才弄明白——他们是一个单位的：那肚子挺大的姓刘，是个局长；那红脸堂的姓孙，是个副局长；那矮黑的姓赵，是个科长；有个瘦子，姓李，是办公室主任；还有一个看上去很敦实的，姓钱，是个秘书。

六人一出门就打的，从小院到酒楼，不过二百米远，花了小偷三十元钱。小偷很心疼。

很快到了美眉酒楼。五位领导落座后，并没有急着点菜，而是先要了五个小姐来侍候。那五位小姐各自找了一个领导挨着，聊起天来。

一会儿，侍应生拿着小本儿进来叫点菜。

肚子挺大的刘局长，凭着自己官儿最大，当仁不让，首先点了个"处女第一夜"；接着是孙副局长点，他也跟着头儿的感觉走，点了个"裸体美女"；矮黑的赵科长当然也不肯落后，点了个"红灯区"；接下来，李主任点了个"悄悄话"，钱秘书点了个"火辣辣的吻"……他们总共点了十五个菜，还要了三瓶茅台酒和十瓶高级饮料。每道菜都有一个带点儿荤味的菜名，看得小偷直咋舌。

菜很快上来了。那"处女第一夜"其实是炸鸡腿加红色番茄酱；那"裸体美女"是去了皮的花生米；那"红灯区"是辣子鸡丁；那"悄悄话"是凉拌猪口条和猪耳朵；那"火辣辣的吻"是辣椒炒猪头肉……那些官见这些菜实在太"普通"了，便又叫来侍应生，重新点了几样生猛海鲜，才开了席。五位小姐和五位领导推杯换盏地吃喝起来。吃喝了一会儿，又开始猜拳行令。单那拳谱也令那小偷大开了眼界：一定要娶你呀，二人贴饼子呀，三天不下床呀，四季换情人呀，五妹跟定你呀，六（留）你过一夜呀，七（骑）你骑到底呀，八（扒）光你的衣呀，九（久）久恋着你呀，十（实）在爽得很呀。

这一顿，足足吃喝了两个小时。吃饱喝足，几位领导都偏偏倒倒了，还拥着几位小姐要去洗桑拿浴。当然，没有忘了叫酒楼的保安们盯着小偷，不让他跑了。一直闹到深夜零点过后，那几位领导才兴犹未足地叫小偷开了打的的钱，离开了美眉酒楼。

小偷早已困倦不堪，好不容易盼着领导们走了，才去算账，这一算账可不得了，连吃带洗，竟是个吓人的吉利数字：6188 元。

小偷一看这么多钱，一下子傻了眼，兜里只有 300 元钱，差着老大一鼻子哩。酒店经理见他拿不出钱，忙喝令保安将他扭了，送到派出所去。可怜小偷赔了夫人又折兵，到头来还是到了他该去的地方。小偷真后悔不该请这一顿饭。

那小偷因有其他案子在身，被检察院起诉了。可他的罪还没有最终定下来，人还关在看守所里。有一天，小偷正在独自躺着反省自己的所作所为时，又有五人被送了进来。小偷睁眼一看，原来竟是吃得他晕头转向的那五个官儿。小偷在心里恨恨地骂了一句："活该！"小偷后来才明白，那五个官儿就是因为那一顿大吃海喝，把小偷吃进了派出所。小偷的交待材料经公安部门转到纪检部门，纪检部门对五个官儿的行为进行了暗中调查，终于查出了他们贪污、受贿、嫖娼的大量事实，将他们送进了看守所。

小偷看到了这个结局，对那次花大钱请客的事再也不后悔了。

2003 年

◀ 天赐良机

　　牛高已经年届不惑，还没有捞到一官半职，心中甚感沮丧，于是工作上便懒散起来，还常有事没事、无病装病地请假，为的是杀出去找点儿外快。兜里有了几个闲钱，说话也就变了调，逢人总爱说："当那鸟官有什么意思！？半死不活的，还不如挣几两银子来得实在。外面的世界真是精彩，只要有了钱，想怎么泡就怎么泡。"牛高这么一侃，还真引来了周围好多人的羡慕，这个说："牛哥，'苟富贵，勿相忘'哟，你发了财，也带着我们去发发财吧。"那个说："老牛，下次你去洗脚、桑拿的时候，也带兄弟们去潇洒走一回吧。"其实，牛高也没有捞到几分银子，也没敢潇洒几回，只不过为了平衡心态，在那儿干吹而已。

　　那天，牛高又杀出去"撮银子"去了，说是撮银子，其实只不过是帮别人发发治淋病梅毒肾虚腰痛的野广告，挣不了几个小钱，就当出来散散心，总比上班挣死工资强。"嗨，还是再潇洒一回，去住住宾馆吧。"于是牛高就去住了宾馆。单人房间要价太高，而且没人说话，也怪寂寞的，就要了一个双人间。

　　刚打开房间门的一刹那，牛高吃了一惊，正坐在屋里沙发上看电视的不正是组织部部长马大吗？牛高虽不在组织部工作，可同在一幢楼里办公，早不见晚见，岂有不认识马大之理；而且平时碰见还要点点头哩。"马部长，是您呀，真是太巧啦。开会呀？"见是马大，牛高抢先搭起腔来。

马部长先是一愣，眼睛里闪过一丝迷离恍惚的光，然后答道："嗯，开会，开会。"马部长仿佛有些感冒，声音有点儿变调。

牛高想："真是上天保佑，安排他牛高单独与批发官帽子的人住到了一起，看来他牛高将要死灰复燃了。"又想："干什么事都是需要投资的，特别是感情投资，既然天赐良机给了我牛高，我就得抓住机遇进行感情投资。"于是他便十分殷勤地请马部长去喝咖啡，在喝咖啡的时候，他便有意无意地把自己的特长爱好、出生年月等都介绍给了马部长，而且还轻轻拍了拍马部长的"马"屁，说马部长真是个管干部的好官，经他提拔任用的官们个个都有真才实学，都是顶梁柱，为发展地方经济作出了巨大的贡献。喝了咖啡，牛高又不惜代价，痛下血本，请马部长去洗脚、泡桑拿，还享受了异性按摩哩。这个马部长也来者不拒，一样都不推辞。在按摩房里，牛高注意到，马部长竟长的是三个头旋。牛高心说："怪不得他能当上管官的官哩，原来真有些与众不同呀。"身上带的五百多元现金花完了，牛高又拿可以全国通存通兑的工资卡去取了一千元钱来继续"泡马"。几个小时下来，牛高的这一千元又所剩无几了。吃人的口软，拿人的手短，看来这回真的有戏。"嘻嘻"，牛高在刷牙时，自顾自地都笑了起来，吹得满洗漱间都是泡泡。

不知宾馆的线路怎么坏了，突然停了电，这下可好，吹牛倒是可以点着蜡烛吹，可空调却再不制冷了，房间里便很快热起来，热得牛高跟马部长都浑身淌汗，于是两人都脱得赤条条地躺在床上。躺了一会，牛高想："这不是增添情感砝码的最好机会吗？"于是到处找可以扇风的东西要给马部长扇风，找来找去找不着，只好把自己的衬衣提了，高高地站到马部长床上，为马部长扇起风来。扇了一阵，马部长身上没汗了，而牛高却仿佛成了落水狗，连裤头都直往下滴水。

　　还真应了"功夫不负苦心人""精诚所至，金石为开"这些老话，马部长十分感动地说："老牛呀，你真的是位忠诚可嘉的好干部呀，我回去一定送你顶局长的帽子戴戴。"牛高听了这话，顾不得自己浑身涌汗，喘气如牛，又提着衬衣拼命扇起来。这一夜，马部长睡得十分香甜，牛高却累得腰酸背痛，四肢无力，头脑发昏。天亮了，宾馆的线路修好了，牛高这才沉沉睡去。等牛高一觉醒来，已不见了马部长的踪影，问服务台，服务小姐告诉牛高说："那位先生已经走了。"

　　两天以后，牛高回到单位上班了。在上办公楼的楼梯时，碰到马部长，赶忙问："马部长，你回来啦？"马部长的眼睛里闪过一丝莫名其妙的光，然后含混地"嗯"了一声。牛高上了几级楼梯，回头往下看，发现那颗逐渐下移的头上，竟只有一个头旋。

　　"闹鬼了！真是闹鬼了！"牛高的嘴巴大张着，久久闭不拢来。

2002 年

◀ 怪 梦

吴先生早早地来到医院求诊。

"你得了什么病呢？"戴着眼镜，显得有些高深莫测的丁医生手里捻着一支开处方的笔漫不经心地问。

吴先生瞅瞅没有外人，左手不自然地在谢了顶的头上抓了两下，右手也不自然地在挺大的肚子上抚摸了一下，动动厚嘴唇，不自然地说："我得了一种非常奇怪的病，每天晚上都老是做同一个梦，一个很奇怪的梦……"吴先生似乎有所顾虑，说到这儿便没有了下文。

丁医生那双高深莫测中带点古怪的眼睛透过眼镜片盯了吴先生好一会，说道："你还是得说出来。是梦见同一个美女吗？是梦见你遭遇了追杀吗？是梦见了恶蛇缠身吗？到底是梦见了什么呢？你不说清楚，我就不知道病因，不弄清楚病因我就无法医治啊！"

丁医生的一通追问逼得吴先生有些局促不安。他贼似的瞅瞅门外，见没有人，又幽手幽脚地踅过去关了门，然后侧着身子坐下，避免与丁医生那高深莫测的眼光正面接触，再做了两次深呼吸，然后轻声说道："是这样的，我最近老是做同一个梦，每晚一上床，眼睛刚闭上，那梦就来了：我总是坐在主席台上讲呀讲呀，滔滔不绝，唾沫四溅；然后就是吃，先是大鱼大肉，进而生猛海鲜，进而活禽活畜，进而高楼大厦，进而人脑人骨；再后便是拉，拉出来的全是金银元宝、钻石珍珠之类光彩夺目的东西……"

丁医生很专心地听了吴先生介绍的病情，静思默想了好一阵才问道："你退休了吗？"

吴先生有些莫名其妙，茫然答道："快了，已是最后一班岗了。"丁医生释然地微笑了一下，又问道："你在单位担任的是一把手吧？"

吴先生有些吃惊，答道："是啊，这个一把手不好当啊，有那么多款项从我手上流过，有那么多重要的关口要我卡住，有……"

丁医生似乎已经了然于心，再问道："你梦中讲的话都是些什么内容呢？"

吴先生似乎自豪起来，话语也顺溜了许多，说道："还有什么呢？还不是叫大家要廉洁从政、反腐倡廉罢了。"

"哦！"丁医生皱了皱眉头说道，"这就对了，这就对了，让我给你治治吧。"丁医生于是叫吴先生面对他坐好，注视着他的眼睛。

吴先生正襟危坐，专注地盯着丁医生的眼睛。盯着盯着，看见丁医生的眼睛中喷出许多渐渐扩大的光环。这些光环飞来，将吴先生圈得像茧子一样。吴先生一会儿便昏昏沉沉地进入了梦乡。

吴先生那个奇怪的梦又出现了：先是坐在台上讲呀讲呀，滔滔不绝，唾沫横飞；接着是吃，先大鱼大肉，进而生猛海鲜，进而活禽活畜，进而高楼大厦，进而人脑人骨；然后是拉，拉出来的全是金银元宝、钻石珍珠。

不过这回不同的是，这个梦做到这里并没有结束，吴先生并没有醒来，丁医生眼中的光环仍一束束从吴先生的脑门灌将下去。

吴先生的梦由华贵转为恐怖，先是有一种恐怖的类似警车的声音从四面八方绵绵不绝地传来，接着他拉出来的那些金银元宝、钻石珍珠之类闪着华贵光泽的东西也突然变得黑沉沉的，冒着恐怖的黑烟，漫天飞旋起来，旋着旋着，在空中化成了许多铁环，那些铁环一会儿又连接起来，将他锁得死死的，一点儿也不能动弹。紧接着一声枪响，吴先生感觉到前胸后背间有了一个透明的大洞，狂风呼呼地从这个洞吹过。地上是一摊乌黑乌黑的血。他轰然一声倒在地上，化为了尘土。

吴先生的梦做到这儿，丁医生收束了他的眼光，叫一声："醒来吧，醒来吧。"

吴先生幽幽醒来，仍脸青面黑，一副惊恐之状。丁医生用他的笔开了处方，处方只几味醒脑安神的药片而已。

吴先生回去后服了那些药片，便不再做那个奇奇怪怪的梦了。现在吴先生已经退了休，整天跟一群老头儿一起切磋诗艺，写了许多绝句不像绝句，律诗不像律诗，打油诗不像打油诗的玩意儿，虽然难登大雅之堂，但却自得其乐，没病没灾的。

2003 年

◀ 测　字

　　刚上任不久的张局长收了一个工程队五万元的贿赂，准备将一项建筑工程承包给这个草台班子式的建筑队去施工。但当天下午却无意中收看了电视中的一个庭审实录，那个庭审实录恰恰是因为某责任人因收了贿赂，而使工程出了严重的质量问题，最后导致了桥毁人亡的惨剧。

　　看了这个庭审实录，张局长心中老是惴惴不安。晚饭后他心神不定，鬼使神差踱到了老同学纪委书记老王家。王纪委说他最近看了好几本关于测字的书，对测字之术已有造诣，欲给张局长测字。张局长想着他收受贿赂的事只有天知道，但愿上天保佑，于是顺手写了个"天"字，说是测前途命运。王纪委察言观色，见张局长心神恍惚，又加之听到了社会上关于张局长欲要将一项工程承包出去的风言风语，今天这个局长同学又不请自来，心中已有些了然。

　　王纪委说："此'天'字乃一'工'字压着一个'人'字，这'人'哩当然是老同学你啦，至于那个'工'字嘛，可能是老同学手上的某一项工程吧。我看是某一项工程压在了老兄你的头上，叫你感到有些为难吧。"张局长被王纪委说中了心事，忙恳求老同学指点迷津。王纪委说："'天'字下加一个'口'字，乃一个'吞'字，被'天口'所吞岂不是死路一条。而'人'之一撇上伸，破'工'字而出，乃是一个'夫'字，意思是说，只要你冲破了工程这一关，便是顶天立地的伟丈夫啊！"王纪委的眼光很深邃，张局长看了好一会儿也看不出答案来。

第二天，张局长将收受的五万元巨款交到了纪委。好在工程还没有正式发包。

1999 年

◀ 病　毒

　　老茂是在前任因受贿栽进大狱之后当上局长的，刚当上局长时，他曾在心里发誓，决不能像前任一样干傻事。可才过一年多，前车之鉴就渐渐被他淡忘了。最近，他手里有个工程要发包，就忍不住想："这可是个发财的机会呀。儿子上大学正要大把花钱哩。"有了臭茅坑自然就有苍蝇飞来，正当老茂还在考虑有权不用过期作废的问题时，就有一个包工头送了三万元上门。"这事只有我二人知道，今后即使他说出来，我来个死不认账，也拿我没法。"老茂想。于是，他便收下了这笔飞来之财。

　　过了几天，老茂进了县里办的干部电脑培训班，同在这个班学习的还有纪委副书记老林。那天刚讲过电脑病毒的问题，午休时，老茂凑到老林跟前问道："老林，你弄清楚了电脑病毒是怎么回事吗？"上课时，老茂正在盘算他那三万元钱够不够儿子读完大学的问题，所以没听明白电脑病毒是咋回事。老林递了根烟给老茂，二人点着了烟，深深地吸了几口之后，老林才慢条斯理地给老茂讲起病毒的问题来。老林说："打个比方吧……"打比方是老林说话最常用的方式，而且他打比方还三句话不离本行，所以背地里大家都管他叫林比方。"比方说，某省有个县级局的三任局长，在短短的四五年间，不都相继因贪污受贿几万元而前'腐'后继地栽进去了么。我认为那把局长的交椅定然就是染了病毒了。"说者无心，听者有意，老茂被老林的话吓得汗都快流出来了。"是，是，林书记这个比方真是打得恰当极了！"老茂嘴里应付着，心里却在想，"坏了，定然是他们听到了什么风言风语了。"

"其实哩，有了病毒也并不可怕，只要用杀毒软件杀一杀就可以把病毒给杀掉的。"老林的话匣子一打开就关不住，而且又打起了比方，"比方说，刚才提到的那几个局长吧，如果当时用党纪国法这个杀毒软件杀一杀病毒，可能结果就不会是那样的。"听到党纪国法几个字，老茂才猛然意识到了问题的严重性。

一支烟没有抽完，老茂就别转身急急忙忙地走了。下午，老茂就将三万元巨款送到了县纪委办公室。

2000 年

第三辑

老A外传

◆ 否定症患者

　　老A在村里当了个小官儿后，患了否定症。有人说眼睛能看见东西，老A否定："眼睛怎么能看见东西呢？这不是说有了眼睛才有东西的吗？这是彻头彻尾的唯心论观点啊！"有人说人有十根手指，老A否定："你说人有十根手指，这是极大的错误。有的人偏偏有十一根甚至十二根手指，有的人又不足十根手指，甚至一个手指都没有的人也有，你怎么能主观武断地说人有十根手指呢？"假如你申明不包括病残手指在内，那么你将遭到老A更强烈的否定："这不是对手指病残者的人身侮辱吗？可气呀，世风怎么堕落到了这种地步！"假如这时你再申明你没有要侮辱手指病残者的意思，老A又会说："做错了事情、说错了话就应该老老实实地纠正过来，否则你就会在错误的道路上越滑越远，直到泥足深陷，不可自拔！"有个人故意对老A说："老A是个人。"老A立即否定："你这话完完全全错了。我是人吗？我绝对不是……我是村里的领导，怎么说我是人呢？你这不是对领导的否定吗？！"说到这里，老A的脸涨得通红，脖子上的青筋条条绽出，仿佛要爆裂开来。

2000 年

◀ 制造愤怒

老A写了好多年的诗，从来没有正式发表过，虽然花了几千元钱在几本诗集中露了脸，也得了几次"大奖"，还上了几本国家级、世界级的名人录之类，但那毕竟是自己当了引颈让别人宰割的猪才换来的，骗门外汉还可以，遇到懂行的人就实在不敢将这些假冒伪劣的东西拿出来丢人现眼。老A多么想终有一天能正式发表几首"大作"，好骄其妻儿，令人刮目啊！

有一天，老A正在构思他的"大作"时，偶尔翻到手边一本厚厚的诗集，内中一句话引起了他的注意：愤怒出诗人。老A想，原来要想写出好诗是需要愤怒的啊！我何不也愤怒一回，写出几首惊世骇俗的大作来呢？想着想着，老A的眼前出现了幻觉，一位峨冠长袍，像荷马、似屈原的诗神驾云而来，将一缕金光照射在他的身上，不一会儿，他自己也化作一缕金光，跟诗神融为一体，冉冉升空而去。

"愤怒！愤怒！我一定要制造愤怒！"从幻觉中回过神来的老A恨恨地想。可老A几十年来阿Q惯了，见了领导总是点头哈腰，

第三辑　老Ａ外传

见了外人也不敢招谁惹谁，见了妻子怕耳朵被转全频道，见了儿子赶忙趴在地上让儿子当马骑，哪里有过什么愤怒啊。但这回老A却真是吃了秤砣铁了心，一定要制造点儿愤怒出来，铸成他的伟大业绩。那么这愤怒该怎样制造呢？总不能凭空就来上一回怒发冲冠吧。得，想我老A虽然没有正式发表过诗歌，可也上过几回名人录，总比那些连借条都写不清楚的土豪强些吧，可那些脑满肠肥的土豪却连一个小股长也不让我干干，真是气死人。好，我就从单位的头儿们那里开刀，制造点儿愤怒出来。

那天上午上班时，单位开会抽人下乡包村抓烤烟生产，老A也是抽派人员之一，这就有了制造愤怒的由头，于是老A在心里运了好大半天的气，等到自认为运足了才突然爆发出来，冲着头儿大声吼道："我不去！干活有我老A的份，好处就没有我老A的份！不去，谁要去谁去！"谁知头儿只轻轻说了一句："不去算了！"就没有再议这个话题。但头儿的话音虽低，却分明透出一股冷气来，这股冷气浸入老A的肌体，使他的心都凉了半截，便再也不敢往下说。

散会后回到家，老A的心还凉着，于是中饭也没吃，就蒙头睡起了午觉，说是睡午觉，其实是在乘着"愤怒"构思他的诗歌，可思绪总集中不起来，仿佛头儿那句"不去算了"像一把冷森森的刀子，直往他的心尖子上捅，一会儿又仿佛变成了一双摸不着看不见的小脚鞋，使他那双脚十分难受却蹬不脱穿不烂。哎，这还哪有灵感和激情写诗哦。下午上班，看到头儿总将一张驴脸冷着，老A的心就更是沉重。晚上回到家心里更不安，仍没有吃饭就睡了，可翻来覆去总是睡不着，仿佛头儿那句"不去算了"化成了千万支冷箭，将他老 A 射成了刺猬。快天亮时，老 A 才迷迷糊糊地睡了一小会儿，可就在这一小会儿，竟梦见头儿变成了一个厉鬼，将他整个人就像吃香蕉一样吃了下去，嘴角还流出血来。老 A "妈呀"一声惊叫着又醒了过来。总之，老 A 不但一点儿没有诗兴，反而神经都快崩溃了。"不行，看来愤怒也出不了诗人的，我必须摆脱它！"于是立即抓起电话，拨起头儿的手机号码来。当天，老 A 仍打起背包下乡抓烤烟生产去了。

　　虽然头儿说想通了就好，可老 A 心里从此仍蒙着一层休眠的寒霜，一要写诗时，那层寒霜就会活过来，叫老 A 不能迸发灵感的火花。

2000 年

◀ 双喜临门

　　四十多岁的老 A 这回提副科终于成为定局，这不，组织部已经公示了。一般来说，只要没人举报他老 A 有大的问题，——老 A 说，他一不嫖、二不赌、三不贪、四不贿、五不走私贩毒、六不制假售假，能有什么大的问题呢？——他的副科宝座就铁板钉钉了。恐怕那红头的"封神榜"都已经在打印了哩。老 A 们那里的人，见别人新近晋升，就叫别人"步步高"，这不，已经有人"步步高"长"步步高"短地叫他了哩。

　　老 A 心花怒放，便想去喝酒，想叫几个人一起喝，可他又心疼钱，也难怪，一个月几百元的工资，养家糊口都困难。于是自个儿逛到小吃街去，点几样小菜，叫那位漂亮的女老板为他斟酒，有滋有味地饮起来。俗话说："酒从宽处落。"老 A 今儿个高兴，大杯大杯地使劲灌，一会儿便将一斤"三鞭酒"喝了个底朝天。

　　老 A 从小吃街出来，走路便有些晃荡，走出的路线很"蜿蜒"。走着走着，来到一处热闹地方，老 A 放眼一望，是县里组织的福利彩票的摸奖处。由于是现摸现兑，所以，摸奖的人特多，热闹非凡。老A走近去，一看公告牌，一、二、三等奖的部分奖项都已有人抽中，但20万元的特等奖却依然还在。"我今天既然已经步步高了，想必定会双喜临门，我一定要抽、抽、抽，不抽到特等奖誓不罢休！"老A在心里算定，就将手伸进内衣口袋，掏出1500元钱——那是他小舅子托他给转来县城读初中的儿子交择校费的钱——就向摸奖处挤去。

俗话说："酒壮英雄胆。"老A这回却一点儿没有心疼，很豪爽、很款爷地将那1500元往桌上一撂，酒气熏天、唾沫四溅地高声说道："不用我摸了，请随便给我抓吧。"于是售彩票的漂亮妞儿便把一张俏脸儿笑成了一朵碗大的花，随手抓了750张彩票递给老A。

老A捧着彩票，就在街心花坛的边上坐了，开始心花怒放地刮起彩票上的封泥来。100张刮完，连个四等奖都没有，全是"谢谢光临""祝你平安"之类，200元钱的彩票就这样泡汤了，老A的心紧缩了几下。第二个100张刮完，情况并没有转机，只有几张可以领到几块肥皂的奖励，老A的心又紧缩了几下。连续刮了七百张，最大奖励的一张可以领到一瓶价格低廉的"三鞭酒"，1400元可以换来的奖励还不足100元钱的东西，于是老A头上大汗淋漓。又刮了49张，也没见什么好转，只是第49张可以领到一包尿不湿。手中就剩最后一张了，老A一时没有了刮开它的勇气。或许是酒劲上来，老A忽然哈欠连天，往花坛边上一躺，很快便进入了梦乡。梦中，老A先是走马上任，接着官运亨通，提了正科，再不久又提了副县，随着又提了正县，一路平步青云，很快就提成了省部级领导。这时，他才想起口袋中还有一张彩票没有刮开，于是掏出来一刮，正好是个特等奖。可是他这时已经有钱有权，区区20万元已经是"小意思了"，而且凭他现在的身份也不便于去出风头领什么大奖呀，于是顺手往茶几上一丢，准备在适当机会送给他的小情人咪咪算了。一想起咪咪他就仿佛年轻了十岁，就心情舒畅，双颊潮红，心里像有一支孔雀尾巴在轻轻拂拭。可正在这时，一股风吹来，将那张彩票从窗口吹出去，飘飘悠悠如一只彩蝶向远方飞去了，飞着飞着竟变成了他的咪咪。老A见咪咪飞走了，就扑到窗口惊叫起来："咪咪——咪咪——"由于身子探出窗口太多，竟一下从窗口掉了下去。

老A一惊，嘴里喊着"咪咪——咪咪——"，迷迷糊糊从梦中醒来了，引得好多人莫名其妙地看着他哩。

老A醒来后，迅速从口袋中掏出最后那张彩票，刮去了封泥，那上面分明写着四个字"祝你平安"。可老A还没有完全从梦中回过神来，以为自己中了特等奖，大叫起来："我中了，我中特等奖了！"顿时，几千人的摸奖区热闹起来，有人跟着高喊："有人中特等奖了，有人中特等奖了！"还有人放鞭炮哩。巧的是，真有人在这时候摸中了特等奖，可那人没有申张，悄没声息地领走了20万元奖金。叫了一阵，老A才从梦中回过神来，蔫妥妥地回了家。

老A刚到家，电话就不停地响起来。这个说："老A哥呀，你这回双喜临门，祝贺你呀！"那个说："步步高呀，你福星高照呀，喂，你总得请我们大搓一顿吧。"老A竭力说他没中什么特等奖，可人家哪里肯信，还说又不向他借钱，保什么密呀之类的话。一会儿，老A的小舅子也打来电话，说是他手头紧，希望当姐夫的支持支持。又过了一会儿，妹夫也打来电话，说是他买房正愁没处借钱哩，嘿，这倒好，想睡觉就看见了枕头。可是当老A说到他没中什么特等奖时，他们却都很生气，骂他为富不仁，骂他六亲不认，还拍了桌子甩了话筒哩。老A一肚子委屈没处诉，只得气呼呼地扯掉电话线蒙头大睡。

第二天，老A的单位和家里都沸腾了，好多人吵着非要双喜临门的老A请客不可，老A越是说他没中什么大奖，别人越是不信，反而越辩越真，真是黄泥巴糊裤裆——不是屎也是屎。老A没法，只得再忍痛"死"他一回，心想，反正这回升了官，也不愁没处捞钱，于是，下午便领着本单位的全体人员及亲朋好友200余人浩浩荡荡地向一家酒楼开去。一顿下来，又花去了老A从牙缝里省下来的5000多元钱。老A实在心疼，可是又只得哭脸把住笑脸，打落牙齿往肚里吞。

两天后，"封神榜"下来了，公示的一批人中，唯独少了老A的名字。纪委的人还找上门来，调查他大宴宾客，是不是借即将晋升之机收礼敛财。老A鸡飞蛋打一场空，陪了夫人又折兵，一气非小，竟昏倒在地上。这一昏，三天之后才悠悠醒转，吓得家人把死人穿的衣服和香烛钱纸裹尸布都给他准备好了哩。

2000年

◀ Dog

　　有一段时间，老A做什么事都触霉头。坐车被人掏包，上楼扭伤了脚，进馆子还吃出了苍蝇，真是喝水都塞牙。于是老A便整天无精打采，萎靡不振，常常爬在办公桌上睡大觉。

　　那天一觉睡到下班时候，老A便起身下楼，刚走到四楼的楼梯口，就碰到了他们单位的一把手。不知为何一把手下了楼又返回来。那是个平时见了下属总是端着个长长的马脸，下属叫他也爱哼不哼的官僚主义者。谁知一把手这时见了他，却嘿嘿嘿地笑了起来。老A从来没有得到这位头儿赏给的笑脸，这时真有点受宠若惊，也赶忙嘿嘿嘿地笑起来，还边笑边奉承头儿说："您真辛苦呀，嘿嘿，还得去加班？嘿嘿。"那一把手也笑着答道："嘿嘿，加班；嘿嘿，加班，加班。"

　　一把手上楼去了，老A心里却不平静了。一把手对我那么友善的笑了，可能是对我的工作满意了，对我的才能赏识了，要提拔我哩。老A想入非非起来，仿佛已经开始谢顶的头上多了一顶乌纱帽，而且那乌纱帽越来越大，越来越美。于是他不自觉地嘘起了口哨。

老 A 下到二楼时，又碰到了他们单位那位年轻漂亮的女秘书。那女秘书是大家公认的冷美人，那张漂亮的脸蛋随时都像笼着一层寒霜似的，难得见他给人一点儿浅笑。可是今天那冷美人见了他却也嘻嘻地笑起来，而且笑得腰也弯了，脸也红了，肚子也一扯一扯地直喊痛。老 A 也莫名其妙对她哈哈哈大笑起来。老 A 边笑边说："你真辛苦呀，哈哈，还得去加班？哈哈。"那冷美人也边嘻嘻笑着边说道："嘻嘻，加班。嘻嘻，加班，加班。哎哟，肚子真痛啊！"

冷美人上楼去了，老 A 心里却更不平静了。难道那冷美人看上了我不成？定然是，定然是，不然怎么会对我嘻嘻地笑呢？老 A 老婆前不久跟他离了，眼下正空有一堆干柴就缺一粒火星子哩。老 A 一边走着，脑海里一边放起电影来——那冷美人跟他行了洞房花烛之礼，接着又给他生了一个胖儿子……

高官加美妻，啧啧！老 A 在虚幻的光圈中走着，一路上所有的人都看着他笑。对他笑的人越多，他那虚幻的光圈仿佛越亮，走着走着，竟有些晕乎乎起来。路过一家服装店时，已分不清东西南北的老 A"砰"一声碰到了立在服装店门口的一块大穿衣镜上，那穿衣镜"咣"一声倒在地上碎成了许多小镜。老 A 也被碰清醒了，他低头一看，那每一块小镜子中映出的他的脸都是这样的——一双眼睛上被人用毛笔画了两个圈圈，额头上还写着一个又黑又亮的英文单词——dog。"吓！吓！是哪个贼坏跟我开这个国际玩笑，让我臭美一场。倒霉，真是倒霉！出了洋相还得赔人家的穿衣镜，摔跟斗跌到了狗屎上……"

2000 年

◀ 冒充局长

　　老 A 工作了二十多年，连一个小小的冒号都没有捞到，可想当官的念头一天也没有打消过，而且越来越厉害地噬咬着老 A 那颗不平静的心，弄得老 A 日夜不宁，连做的梦都是南柯太守那种升官梦。

　　一天，老 A 受领导派遣，到下属单位检查工作，一个刚参加工作的年轻人找到老 A 反映情况，可他又支支吾吾地不肯说。支吾了半天，那年轻人才问："你是局长吗？"或许是想当官的念头支撑着老 A 吧，他竟脸不红心不跳地承认他就是局长。那年轻人吃了"定心丸"，才一五一十地将他们单位的小领导贪污挪用公款赌博泡三陪小姐的事情竹筒倒豆子般倒了出来。老 A 了解了这些情况，就找那个小领导谈话，吓得那个小领导又是磕头又是作揖，还塞给老 A 一个鼓鼓囊囊的红包。老 A 十分高兴地收下红包，心想："当冒号就是好呀，看看，才假冒了一回冒号，就弄到一大包'银子'，真是无本万利呀！"开了这个头，老 A 便如法炮制，捞到了不少好处。

　　又有一次，一个六十年代自动离职的干部到县城找局长要求恢复工作，恰好那天局里只有老 A 一人值班，老 A 便说："我就是局长。"于是那人又是打恭又是作揖地要求老 A 给他恢复工作。老 A 明知道按政策是不能给他恢复工作的，可老 A 转念一想："看来这人是个糊涂虫，我何不趁机敲他一杠呢？"于是就说："这阵子我有事，晚上到家里找我吧。"他期望那人在晚上给他拎礼物或给他送红包。到了晚上，那人果然来了，可不但没有给老 A 送礼物和红包，反而赖在老 A 家不肯走，老 A 只得招呼他住了一夜，谁知他竟一个人粗门大嗓地自言自语了一个通宵，弄得老 A 一夜都没有睡好觉。幸而老 A 是一个人住在城里，家人全都住在郊区。第二天一早，老 A 去上班，那人也跟着去上班，老 A 不敢领他到单位去，只好领着他在城里城外到处乱转。转了一天，还得请他吃喝和睡觉，而且还要被他吵闹得无法入睡。就这样耗了两天，老 A 才明白过来：那是个想恢复工作想岔了气的半疯子。

老 A 实在没法了，可又怕露馅而不敢惊动警方，只得把那人留在家里，假装说自己去买东西，金蝉脱壳溜到远处躲避去了。他想只要躲得几天回来，那疯子定然耐不住寂寞，早就走了。可谁知那半疯子却收罗了一帮疯子乞丐到老 A 房中来捣腾，把老 A 的住房弄得一塌糊涂，而且还捣腾出大事来了——这个半疯子被另一个疯子捅了一刀，死了。

这事当然就引起了公安机关的注意，老 A 冒充局长的那些事当然也就暴露无遗，使老 A 受到了应有的惩罚。

2000 年

盗取芳心

◀ 贵　人 ....

　　老 A 年届三十八九时，还没有混到一官半职，虽然他总是见官低一级，到处部长、局长地叫得挺热乎，遇事也不失时机地尽情表现，但总是热脸遇到冷屁股，没有谁提携他，眼见又新提拔了一批干部，可仍没有他的份儿，心里就又烦又慌。那日，他老婆对他说，街上有个算命的刘瞎子算得特别特别准，问他去不去算，老 A 想，姑且信他一回，就去算上一算吧。到了刘瞎子那里，老 A 报了年庚生辰，那刘瞎子两颗白眼珠子翻了几翻，十个指头掐了一阵，一拍大腿说："噫，今天遇到贵人啦！"老 A 忙问何以见得，那瞎子说："原来是一位官老爷到了。"老 A 觉得好笑，说："我一个小科员，连个股级干部都不是，哪是什么官老爷呀，想必是你故意颠摆我的吧。"刘瞎子说："错不了，今年的双月上，你有贵人相助，定能当上官的。如果你当不上官，就来踢我刘瞎子的摊子吧！"老 A 听刘瞎子说得信誓旦旦，已经全然相信，心里乐开了花，加倍给了刘瞎子算命钱，当着好多人的面就抱着老婆转了一圈。

　　算过命后，老 A 便时时留心起能助他当官的贵人来。究竟谁是贵人呢？老 A 心中实在没底，只好见了人就盯着看，看着看着就想入非非起来，似乎那人便有如来佛般的本领，吹一口仙气就会升起一朵彩云，那彩云就把他托到了官位上。一天，他盯着一位丑女人看——老 A 妻常对老 A 说的一句谚语是"有福落在丑人边"，所以老 A 总以为能给他带来福音的是一位丑人—— 看得太久了，而且看得自己满脸祥云，弄得那丑女人以为老 A 看上了她，悄悄地跟在老 A 后面到了老 A 家，结果跟老 A 老婆大吵了一架。还有一回，老 A 盯着一位年轻美妇人看了好一阵，以为她是贵人，看得不知不觉口水都流出来了，结果被那美妇人的丑男人狠狠掴了一耳光。

过了一个多月，老 A 家住的那幢楼里住进了一家租住的外来户。那外来户是一对三十出头的夫妇，女的姓贾，挺能搞外交的，没几天，就跟整幢楼的各家各户都处得很熟了。又过了几天，便有一个秘密话题在大院里流传起来，说是那姓贾的女人原是省委组织部莫部长在乡下当知青时的私生女，是生下来后抱给贾家的。听了这话，老 A 想："那刘瞎子果然厉害，看来这小贾就是助我升官的贵人了。"于是，老 A 便有事没事到小贾家去串串门，送些小吃小玩的东西，还有事没事地唠些官场上的事，遮遮掩掩地把自己想当官的心思也说了出来。"若是能当上领导，多为国家作贡献，多为老百姓做好事，那该多好啊！"瞧，话还说得冠冕堂皇哩。

有一天晚上，老 A 正躺在床上想着怎样借助贵人之力升上去时，忽然有电话打进来，老 A 刚听了一句，心就狂跳起来。"喂，请问老 A 同志在家吗？……你就是？……那太好了。我是小贾的生父莫须有啊。我是在北京给你打的电话哩。听我女儿说，她住在你们那儿，得到了你们的很多照顾，我十分感激呀。像你这样有能力的年轻干部，是应该提拔重用的，等我从北京开会回来，一定给你想想办法。哦，还有事求你哩，我女儿这几天急需用一笔钱，我又远在北京，想请你务必帮帮她的忙，给她想想办法好吗？……你乐意帮忙？这就好了，我从北京回来后一定到你家一趟，亲自来感谢你。"

莫须有部长的话听起来字正腔圆，既雄浑又暖人心窝子，听得老 A 心头热脸上笑，一边"嗯嗯"地答应着，一边对着话筒点头如鸡啄米，还恨不得隔着千山万水给莫部长磕几个响头表示感激之情哩。

第二天，老 A 很早起来，就将家里那个定活两便的储蓄卡找出来，拿到银行去取了个吉利的五位数——16888 元，预示着他将一路发发发。老 A 取了钱，怀抱着直奔小贾家而去。见了小贾，老 A 满脸堆笑地将钱捧给了她，小贾说了些客套话后，勉勉强强接受了老 A 的帮助，还说他父亲原本不该这样，哎，真是人老了办事就糊涂。老 A 坚持不要借条就退出了小贾家的屋子。小贾收了钱，老 A 心里踏实了。当晚，老 A 做了一个好梦，梦见莫部长将他调到省委组织部当了办公室主任，接着又让他回到县里挂了一年的县委副书记，再接着就提他当了省委组织部副部长，分管干部升降的大权，几年之中，经他的手批发的官帽子已经不计其数了……紧接着，楼道里响起嘈杂的吵闹声，把老 A 从睡梦中惊醒过来，一看窗外，天已经大亮了。老 A 穿好衣服拉开门一看，原来是楼上楼下好几家在夜里遇了盗，而小贾夫妻俩竟不翼而飞了。

后经公安局查实，那一男一女根本与莫部长无关，是一个诈骗盗窃集团的头目，冒充莫部长打电话的，就是那个鸟男人。老 A 偷鸡不成倒蚀一把米，还落下一个不光彩的笑话，差点割腕儿自杀，幸得老婆一把鼻涕一把眼泪地劝阻，才绝了轻生的念头，可当官梦彻底破灭，只整天逍遥自在地来往于歌厅、舞厅与麻将之间，过起了神仙日子。

2000 年

第四辑

呆瓜与滑头

◀ 看果苗

滑头租来一块地，栽上了果苗。

滑头想："得找一个人给我看果苗呀。找谁好哩，找精明的吧，得开很高的工资，成本太大了，再说了，找到不负责的，还不定要受多大损失哩。"想来想去，就想到了呆瓜。"呆子对我可是言听计从，又不跟我计较工钱，不开工资管饭也成，得省下多少开支呀？要是叫他看果园呀，他说不定觉都可以不睡哩。"滑头这么想着，抓起电话给呆瓜打了过去。

呆瓜天天在山上给滑头看果苗。他在果苗园边搭了个窝棚，饿了时，自己支个锅子做饭吃；困了时，躺在窝棚里用木棒搭成的简易床上眯一下，尽心尽力。滑头喜在心头。

可是那天呆瓜实在太困了，睡得沉了些，一觉醒来后竟发现有几棵果苗被人拔走了。呆瓜心里很难受，觉得对不起朋友，竟呜呜地哭起来。正好滑头上山来"视察"，见呆瓜为了几棵果苗竟哭成这样，没有责备，而是好言安慰了几句，并给呆瓜送了些好吃的，让呆瓜感动得又是一顿大哭。

可是，越怕出问题越出问题，又被人偷走了几棵果苗。呆瓜这回可不敢再睡觉了，实在太困时，就打一桶冷水往身上泼。可人都是肉长的，长期不睡觉怎么行哩。呆瓜说："我得想个办法解决这个难题呀。"他站也想，坐也想，想了几天，终于想出一个两全其美的办法来。

那天下午，呆瓜说："我让果苗们也休息一会吧。"于是就将果苗一棵棵从地里拔起来搬到窝棚里，关好门，将果苗铺在地上，躺在果苗上就睡着了。这一觉睡了好长时间，睡醒后，拿着锄头将果苗一棵棵栽回地里。就这样，呆瓜每到困得不行时，就让果苗们也陪着他休息一会。

几个月过去了，滑头上山来看果苗，看到的尽是些干柴棍，伤心得蹲在地上哇哇大哭起来。呆瓜闹不明白滑头为什么哭得这么伤心，自言自语地说："果苗们也休息了好几回哩。"

2006 年

第四辑　呆瓜与滑头

◀ 空城计

　　呆瓜忽然想要当诗人，东拼西凑弄出一首谁也读不懂的文字来，然后找来一些刊物的地址寄了出去。过了几天，好消息来了，有个刊物给他评了个特等奖，要把他的作品编到一本很厚的书中去，只要他出 350 元买两本书，就能既得奖又发表诗歌。呆瓜高兴得跳起来，立即打电话叫滑头来分享喜悦。

　　滑头接电话时肚子正闹空城计，想顺便去呆瓜家蹭一顿好酒好肉，于是很快就屁颠屁颠去了。

　　滑头读了呆瓜收到的那封信，知道是那些奸诈文人玩"空城计"：取一个老大老大的评奖名头，用以引诱书呆子们上当，给他们送上钱去，然后把你的什么歪诗凑到书里去，高价卖给你，还捎带着送你个大奖，让你吃了大亏还乐得合不拢嘴。

　　滑头的狐狸眼珠骨碌一转，鬼点子出来了，心想："正好，我何不趁机蹭几天好酒好肉呢？"于是对呆瓜说："如此天大的好事，应该大庆三天。作为朋友，应该两肋插刀，这三天，我就舍命陪君子，什么也不干，专门……"

呆瓜当然一百个高兴。

白天过去了，滑头想："我的家总得守着吧，要不然遭了贼娃子咋办呢？——嘿嘿，我也来个空城计。"想到这里，滑头先回家布置去了。

滑头回到家，把灯和电视开着，把电话弄成呼叫转移，转到手机上。摆个空城计，然后回到呆瓜家蹭吃蹭喝去了。

第二天早晨，滑头回家一看，家里一切正常，晚上又如法炮制。第二天晚上也没出什么差错，滑头仍是摆个空城计，又去了呆瓜家。

这几天，滑头蹭了呆瓜两千多元的消费。不但每餐都去高档饭店，还夜夜去歌厅舞厅潇洒。

第三天晚上乐过，滑头回家一看，天，家里乱糟糟的，竟被贼娃子洗劫了。现金、衣服、彩电、冰箱、电脑等，都被弄走了。可气的是，贼娃子还给滑头留了封信：

老兄，空城计是一招险计，摆不得第二回，一旦被人识破，必败无疑。你竟连摆三个晚上，胆儿太大了。给你点儿惩罚，让你长长记性。

滑头气得一屁股坐在床上，谁知"砰砰砰"几声响过，滑头掉到了床框子里。原来，贼娃子竟连床心也弄走了，还用气球放在床框子里，并在上面盖了垫单，也摆了个空城计。

滑头没法出气，一下病倒了，在医院躺了三天三夜。一大笔医药费，使他的存折也闹起了空城计。

◀ 星相石

呆瓜与滑头一起去爬仙人山。

仙人山有一个美丽传说。古时候曾有两个仙人在山顶下棋，一个樵夫上山打柴看见了，驻足看了一会儿，谁知下山来人间已经过去一年了。于是有人说山顶有个天生棋盘。

呆瓜和滑头爬到半山腰，累得喘气如牛。滑头骨碌碌转了一阵眼珠说："呆弟，滑哥不行了，你上去看看吧。"嘴上这么说，心里却在想："什么棋盘，一派胡言而已，看你呆瓜上去，累不累得死你！"呆瓜"嗯"了一声，一个人向山顶爬去。

过了几个小时，呆瓜终于从山上下来说："山顶有块大石头上画着太阳、月亮和星星哩。"

滑头歇好了气，吃点东西填饱了肚子，心想："哇，那肯定是星相图，要不是天生的，就是外星人的杰作，如果我发现了它，一定能出大名，说不定还能捞到许多好处哩。当然，这事儿得瞒着呆子。"想到这里，滑头对呆瓜说："你先回去吧，我也想上山顶去看看。"呆瓜于是听话地下了山，滑头便向山上爬去了。

滑头爬到山顶时，天已接近黄昏。他找到了那块有太阳、月亮和星星的大石头，欣喜若狂，拿出照相机"咔嚓咔嚓"地照了好多张。天很快黑下来，滑头只好在半山的石头缝里过夜。这一夜，滑头又冷、又饿、又渴，吃尽了苦头，还发起烧来。

第二天，滑头下山后住进了医院，好几天才病愈回家去把照片冲洗出来，看着那因为光线不好而有些模糊的照片，心想："奇迹，真是奇迹啊！我何不写篇新闻稿，配上照片，寄到报社发表哩？"于是研究了大半天新闻写法，写了篇《仙人山发现星相石》的消息，寄给了一家晚报。

第三天，那家晚报上登出了滑头写的新闻，滑头读着晚报，兴奋得连觉都睡不着，破天荒请呆瓜到高级餐馆海喝了一顿。

接着，电视台、晚报、日报的一帮记者找到滑头家，要求滑头带他们上山去看星相石，滑头满口应承。一行人爬到中午，终于爬上仙人山顶，见到了那块神奇石头。明亮的光线下，记者们看得很分明：那哪是什么星相石呀，只不过是被某个无聊之人用铁钎子在石头上凿出来的玩意儿。那天，滑头一是因为头脑中已有定势，二是因为光线昏暗，所以才有了那个"伟大发现"。

记者们一个个气得不得了，狠狠批评滑头道："事情都没搞清楚，弄出了一条假消息，你的做法大大不妥！"过了没几天，那家晚报因登假消息受到读者反感，发行量大大降低。晚报社扬言要状告滑头，吓得滑头忍痛花了5000元钱，又是请客吃饭，又是红包打点，才平息了这场风波。

那天，呆瓜来看他，他破口大骂道："臭呆子，死呆子，都是你，害得我既坏名誉又赔钱，真是个大大的丧门星！"呆瓜听后，呆愣愣立在那儿，丈二和尚摸不着头脑。

◀ 桌腿事件

滑头家一张八仙木桌的桌腿坏了一条，可他是个抠门儿，舍不得丢掉这张桌子，第二天打电话把呆瓜叫了去。

"呆弟呀，我这桌腿坏了一条，你帮我去南山砍棵树来换上我的桌腿吧。"滑头说。

"好的，我这就去砍。"呆瓜对滑头言听计从，然后也没问问南山的树是谁的，去那儿砍树算不算偷也不知道，扛了斧子就去了南山。

呆瓜在南山的树林里转了半天，看看这棵树，摸摸那棵树，心里很纳闷："滑哥家的桌腿是向下长的，可是这些树都是向上长的呀，怎么能砍去做他家桌腿呢？不行，绝对不行！"揣着这个问题，他又在树林子里转了半天，忽然看见有棵长在土坎边的裸根，自言自语说："啊，树根向下长，正好做桌腿。"于是举起斧子就向那条根砍去，那条根只露了一点在表面，大多数埋在土里，不把土刨开，没法把根砍下来。呆瓜便用斧子砍土。土中尽是小石子，砍得火星四溅也砍不来。呆瓜决定下山去找锄头来挖。

呆瓜回到滑头家，滑头还在睡懒觉，便自己找了把锄头又奔南山而去。

　　他挖呀挖呀，终于把根挖出来了，然后砍倒树，再砍下那条根，也不管那根直不直，弯不弯，便扛回去了。

　　"滑哥呀，桌腿扛回来了。"呆瓜一边抹汗一边高兴地说。

　　滑头从床上爬起来，一看呆瓜扛了一条七弯八拐的根回来，知道这呆子又干了傻事，没好气地问："这是怎么回事呀？"呆瓜一五一十地把砍树刨根的事说了出来，末了说："你去看看吧，我还挖出了好大一个洞哩。"

　　滑头眼珠子骨碌一转，心想，呆瓜竟挖出了好大一个洞，说不定那下面有个古墓，藏着许多珍宝哩。于是打发走了呆瓜，趁着月色，带上锄头、铁锹、斧子，去南山找古墓弄古董去了。

　　滑头找了半天，终于找到了那个土坑，可哪儿有洞呀。他不知道，呆瓜是把坑当成洞的。滑头不甘心，开始用锄头在树坑里卖力地挖起来。挖了好半天也没挖出个洞来，却忽然听到一声大喝："大胆贼娃子，敢来偷我家的树，我打死你！"一个五大三粗的汉子举着一根棍子劈头盖脑向滑头打来，滑头赶忙就地一滚，跪在地上叫道："大爷，别打了，我没砍你家树呀？"原来，林子的主人远远地看到有人打着电筒进了他家林子，悄悄地跟了来。

　　"哼，还说没砍树，我这树是它自己砍了自己不成？砍了树不算，还刨了它的根。人证物证都在，还有什么话说。要不我送你去派出所吧。"那汉子吼道。

　　滑头被抓了现行，央求道："大爷，您饶了我吧，我赔你的树不成吗？你说说，赔多少钱吧。"

那人说："好说，我这树虽然只有小饭碗那么粗，可是它能长大呀，长到环抱粗时可以横割了做砧板儿，长到卡车轮子那么粗时可以挖空了做独木棺材，长到坟头那么粗时可以凿个洞做个树屋哩，你说说，那得值多少钱呀？我今天向你要 1000 元钱不多吧？再说了，我要是送你到林业派出所，还不按《森林法》治你的罪呀！"

滑头一听，吓傻了，赶紧说："不多不多，我这就给你。"他从内衣袋中摸出钱来，数一数，1255 元。

那人一把抢去说："就这些吧，快给我滚蛋！"

滑头也不敢要回那多出的两百多元钱，如遇大赦般连爬带滚下了南山，连斧子、锄头、铁锹也不要了。

回到家，滑头看到那张八仙桌和那条弯弯曲曲的树根就来气，找来把大砍刀唏哩哗啦一阵乱砍，把那张八仙桌和那条树根砍成了碎木花儿，还点了一把火，将其化成了灰烬。

◀ 隐形墨水

一天，呆瓜与滑头一起上街，街边有个地摊，正在推销隐形墨水。摊贩说："二位，来一瓶吧，这墨水写在纸上用眼睛看不见，只有用特殊光源照才能看见。"说着将一支笔沾了墨水在纸上写了些字，果然看不见，然后拿起一支笔头大的小电筒摁亮一照，那字才绿莹莹地显出来。

"呆瓜，买一瓶吧，好玩得很哩。"滑头眼珠子骨碌一转，有了个鬼主意，但又不想花自己的钱，就叫呆瓜买那隐形墨水。

呆瓜总是对滑头言听计从。

他俩回到呆瓜家。滑头找来一只小喷雾器，把隐形墨水兑了些水，吸到喷雾器里，对着呆瓜喷了一阵，喷得呆瓜丈二和尚摸不着头脑。

"呆瓜，你在哪儿呀？呆瓜，呆瓜！"呆瓜就站在滑头面前，滑头却瞎子一般乱叫。

"我在你面前哩。"呆瓜木呆呆地看着滑头说。

"你真的在我面前吗？"滑头问道。

"哇，这东西真能隐形哩。好，真是太好了！"滑头高兴地叫起来。其实呆瓜哪儿隐什么形呀，就像一根黑糊糊的木头桩子戳在滑头面前。

"这回我们可有本领了，去超市可以随便拿东西不用付钱了。"滑头说。

"真的。那我们去试一试。"呆瓜说。

"走吧。"滑头说。

滑头心中暗喜，他总是想尽法儿捉弄呆瓜，可呆瓜每次被捉弄后都跟没事人一样，乐呵呵的。

二人上街去了一家超市。

呆瓜在货架上选来选去，尽选滑头爱吃爱喝的玩意儿，火腿肠、雀巢咖啡、花生奶糖……弄了一大包。

"反正别人看不见，我就直直地出去吧。"呆瓜想了想，就直直地向超市出口走去。可他刚走出门，就被保安给抓了回来，不得不说出他跟滑头先生弄隐形墨水的事。

保安抓着个偷东西的，把所有人的眼光吸引过去了。

滑头想："让那呆子吸引他们，我顺手牵羊弄点儿东西吧。"于是抓了几样值钱的东西，溜出超市大门晃到了街上。

滑头前脚刚进家门，呆瓜后脚也进来了。原来呆瓜说了隐形墨水的事，别人知道他是呆子，笑一阵就放了他。

但跟着呆瓜来的却有超市的几个保安。保安说："滑头先生，跟我们走一趟吧，去把你偷超市东西的事搞清楚。"

"我哪儿偷你们超市的东西啦？"滑头狡辩。

"你的形象都被我们的摄像头给摄下来了，又有呆瓜说的你们弄隐形墨水的事，还狡辩得了嘛。我们看了录相，发现你跟呆瓜是一伙的，就跟踪呆瓜，果然找到了你。不过，只要你按我们的规矩偷一罚十付了钱，我们也就不追究了。"保安的话确实无可辩驳。

滑头只好按他拿的价值 135 元的东西，付了 1350 元钱，了了这桩祸事。

呆瓜看着蔫头耷脑的滑头问道："那隐形墨水怎么不起作用了呢？"

滑头眼珠子又一转，说："或许是兑了水，或许是超市有那种光源，或许是……哈哈，哈哈……"

滑头的话弄得呆瓜一头雾水，心里想："滑头的脑瓜就是灵活，鬼点子就是多。"

◀ 补锅子

滑头常到呆瓜那儿去蹭饭。呆瓜哩，也偶尔去滑头那里玩儿。

那天，呆瓜无聊了，就去滑头家玩。滑头正不想动手弄饭哩，呆瓜来了，正好。滑头说："我买点儿酒去，你在家里做饭吧。"

呆瓜把米下在电饭锅里后，想在液化灶上用铁锅炒菜。呆瓜把铁锅支在液化灶上，眼盯着锅里，发现锅底有一条纹儿，心想："这锅坏了，今天是纹儿，明天就是缝儿，咋办呢？"他哪里知道，这纹儿是正常现象，就像人人都会有肚脐一样。

刚炒好菜，滑头已买着酒回来了，二人慢慢地饮起来。

饮着饮着，呆瓜想起了铁锅底的纹儿，问滑头道："滑哥，要是锅底有了缝儿咋办呢？"

滑头一想，许是这呆子家里的锅底儿穿了。鬼眼珠子一转，想起了捉弄呆瓜的主意，于是说："这好办，敲锅沿补锅底吧。"

呆瓜呆呆地想了一阵，嗯了一声。

过了几天，呆瓜买了胶水揣在兜里，又去了滑头家。

滑头故计重演，又去买酒，让呆瓜做饭。

呆瓜用电饭煲蒸好饭，决定先给他最尊敬的滑哥把铁锅补好再炒菜。他找来铁锤，丁丁当当一阵敲，就把锅沿敲掉了一块。然后，又用胶水把那块锅沿粘到了锅底上，便开始炒菜了，锅铲一铲，粘在锅底的那块锅沿就掉了。呆瓜想，不行，得粘在锅底背面才成。于是炒好了菜，又将那块锅沿粘到了锅底背面。

滑头回来了，与呆瓜喝着酒时，呆瓜说："滑哥，你的锅子我给补好了。"

滑头有点莫名其妙，拿来锅子一看，叫道："谁让你把我的锅子弄成这样的？"

呆瓜木呆呆地说："你不是说'敲锅沿补锅底'吗？嘿嘿。"

滑头有点哭笑不得了。

◀ 画的礼物

　　滑头常常去呆瓜那儿蹭饭，为了表示不白吃呆瓜的饭，每次去都要送呆瓜礼物。不过那礼物是画在纸上的。

　　"今天给你带条鱼来。"

　　"今天给你提只鸡来。"

　　"今天给你送块大饼来。"

　　……

　　总之，呆瓜屋里那一大摞画纸就是滑头送的礼物。

　　呆瓜每次都好酒好肉招待滑头，还把那些擦屁股都嫌太粗的画精心收藏起来。

　　呆瓜想："滑哥真义气，不会画画都要给我画，这份情义真难得！"

　　呆瓜的邻居家有个女孩儿正读小学，也常到呆瓜屋里玩。她见了那一摞画儿，喜欢得不得了。有天她写了篇作文，题目叫《滑头叔叔送给呆瓜叔叔的礼物》。作文大意是这样的：

　　呆瓜叔叔家有好多画儿呀，画上有鸡呀、鱼呀、大饼呀，都是他的好朋友滑头叔叔送给他的。滑头叔叔每次到呆瓜叔叔这里来吃饭，都要送给呆瓜叔叔一份礼物——就是一幅画。滑头叔叔一进门，扬一扬手中的画纸。"今天给你带条鱼来。""今天给你牵匹马来。""今天给你买了件西服。"……哇，多好的礼物呀！多真挚的感情呀！

这篇作文后来发表了，没想到引起了电视和报纸的注意。记者们都来采访滑头，这样，滑头用屁画儿蹭饭吃的"事迹"就成大新闻了。因此，滑头走到哪儿，都有人指着他的背脊说："瞧，那就是用屁画儿蹭饭吃的滑头哩！"弄得滑头没脸见人，躲在家里好久都没有出门。

呆瓜却在家里念叨着："滑哥怎么不给我送礼物了？"说完这话，还去翻一翻他那一大摞珍贵的"礼物"。

◀ 苦肉计

有个叫秀的寡妇要找个男人，有人把呆瓜介绍给她。

秀是个苦命女人，老爸是个酒鬼加虐待狂，喝醉了就打老婆，常常打得秀的妈妈死去活来。秀长大了，心中总有被虐待的阴影。

可是秀又嫁了个酒鬼加虐待狂，也享受了跟他妈妈一样的待遇。于是秀恨死了酒鬼，恨死了虐待狂。

秀的丈夫那回喝醉了酒，把秀拳打脚踢一顿后出了门，结果被狂奔的汽车轧死了。

秀决定再嫁时一定要嫁一个打不还手骂不还口的男人，有人给她介绍了呆瓜。

一见面，秀就问："你打人吗？"

呆瓜说："不打。"

秀说："别人打你还手吗？"

呆瓜说："不还。"

秀说："我不信。"

呆瓜说："不信我也没办法。"

秀说："我有办法，时间就是试金石，我得考验考验你哟。"

呆瓜没法，只得呆呆地回去了。

呆瓜的好友滑头知道了这件事，骨碌碌转了一阵眼珠子，心想："何不趁机把这个呆子揍一顿玩儿呢？我揍了他，让他讨到了老婆，他还得感激我哩。"于是对呆瓜说："我教你个法子。"

呆瓜说："什么法子呀？"

滑头说："谁叫我们两个是朋友哩，我得帮你这个忙……可是……"

呆瓜说："滑哥呀，有啥话你就直说吧，都把我急死了。"

滑头说："我就想帮你在身上弄点伤，你带着伤去见秀，就说你被人打了，没有还手。秀一看你的伤，就会嫁给你。"

呆瓜说："那你就弄吧。"

滑头就帮呆瓜把衣服脱了，又找来根绳子把呆瓜绑在椅子上，举起皮带没头没脸地抽呆瓜，抽得呆瓜嗷嗷直叫。抽了一阵，呆瓜身上全是青一块紫一块的伤。然后滑头把呆瓜解开，叫他去见秀。

呆瓜去见了秀，把他身上的伤给秀看。秀看了呆瓜的伤，同病相怜，真的爱上了呆瓜。爱上了呆瓜的秀好像换了一个人，带着呆瓜去派出所告凶手。

呆瓜哪里知道这事儿不利于滑头呀，就去了。警察问他，他呆呆的啥也说不清楚。警察费了好大劲才弄明白是滑头打了他。

滑头可不敢说出真相，百口莫辩，被拘留了半个月。

滑头想："让那呆子讨到了老婆，我却进了牢房，不值，太

不值了。"他唉声叹气了一阵,又想:"不过也好,我不是过了
一回打人的瘾吗?哈哈……"这样一想,心里亮堂了,又哼起了
歌儿:幸福的花儿开在山岗……

◀ 老虎吃了自行车

呆瓜起个绝早去跑步，一开门，发现门口停着一辆九成新的自行车，心想："谁丢的呢？我先捡到屋里，有机会还给失主吧。"就把自行车推到屋里去了。

呆瓜的好友滑头知道了这件事，脑子里打开了转转。

过了几天，滑头提着个自行车把手来到呆瓜家，进门哭着说："呆弟呀，我咋这么倒霉呀，好好的一辆自行车，竟被老虎给吃了，你看看，就剩这只把手了呀！呜呜呜——"

呆瓜道："滑哥呀，到底是咋回事吗？你给我说说呀。"

滑头吸溜了一下鼻子说："那天，我把自行车停在门外，深夜了，我还在看电视哩，看的是《水浒传》，正看到武松打虎哩，就听见门外有呼呼的喘气声，和咔巴咔巴的声音，开门一看，正有一只大老虎在吃我的自行车。我学着武松打虎的架式冲上去，准备三拳两脚打死那只老虎，可是那只老虎太怕我了，一见我的面，掉头就跑。你想呀，它四条腿，我两条腿，哪追得上它呀。这不，就只剩下这个车把手了。呜呜呜——可叫我咋上班呀，我真可怜呀！"

呆瓜歪着脑瓜想了一阵说："我捡了一辆九成新的自行车，打算还给别人，要不你拿去骑吧。"

滑头立刻破泣为笑，说道："那好，那好，就让我先骑着。"

滑头有了这辆自行车，骑着到处去兜风。有天早上，他正骑着自行车在街上走哩，迎面碰见一个凶蛮的年轻人。那年轻人瞪着一双大牛眼看着那辆自行车，轮起拳头劈面就给了滑头一拳，打得滑头顿时鼻血直流。

那凶汉边打边骂："打死你这个偷车贼，打死你这个偷车贼！"

骂着，又是几拳打在滑头身上，打得滑头不顾鼻青脸肿，丢了自行车就跑。

滑头被打伤住进了医院，呆瓜去看他时，滑头说："那辆自行车又被老虎吃了，这不，我去打老虎时，被老虎咬伤了。"

呆瓜说："吃自行车的老虎一定太可怕了。"

滑头不自然地笑了笑，这一笑，扯得身上好几个伤处疼痛不已。

◀ 咬鼻子现代版

呆瓜当了社区调解委员会主任。一天，有两个女人闹起了纠纷，打打闹闹来到呆瓜的办公室找呆瓜评理。

甲女人捂着受伤的鼻子说："是她给我咬伤的。"

乙女人叉着腰杆说："是她自己咬伤的。"

究竟是甲女人自己咬伤的，还是被乙女人给她咬伤的？呆瓜想来想去也闹不明白。

呆瓜说："你们先坐一会儿，我去上上厕所就来。"

呆瓜来到厕所，掏出手机给滑头打电话："滑哥呀，我这里碰着难事了，教教我吧。"

滑头听了事情的原委，心想："我要耍耍这个呆子吧。"他想起古代一个昏官判咬鼻子的笑话，就依样画葫芦地移植过来。

"我教你个法子吧，你看看那鼻子伤着的是哪儿呀，要是靠近前额的一端哩，就是别人咬的；要是靠近嘴巴的一端哩，就是自己咬的。"滑头装得很认真地说，其实挂着一脸鬼笑。

呆瓜从厕所出来，仔细一看甲女人的鼻子，是伤着靠嘴巴的一端，就说："你的鼻子伤的是靠近你自己嘴巴的一端，当然是你自己咬的了。"

甲女人不依，骂道："你这个狗调解，我咬得着自己的鼻子吗？"

呆瓜试了试，的确咬不到自己的鼻子，又没辙了，就说："我还要去一趟厕所。"就又溜到厕所里给滑头打电话。

"滑哥呀，自己恐怕咬不到自己的鼻子呀？"呆瓜实实在在地问。

"嗨，站在地上咬不到，就不能站到凳子上咬吗？我说呆瓜呀，你动动脑子好不好呀？"滑头煞有介事地说。

呆瓜一想，似乎有理，回到办公室一拍桌子，指着甲女人吼道："哼，还想狡辩，分明是你站在凳子上咬的。"

甲女人很生气，捂着鼻子骂道："狗调解，昏调解，你这儿没得理讲！"骂完就跑了。

甲女人跑哪儿去了？跑滑头那儿去了，因为她是滑头的相好。甲女人守着滑头哭得好伤心。滑头一见宝贝儿的惨样，心疼得不得了，可是他还能说什么呢？

一会儿，呆瓜的电话又打过来了："滑哥呀，今天你教的办法真好，我没费啥劲就把那两个女人的纠纷摆平了。为了感谢你，晚上我请你喝酒吧。"

滑头苦苦地说："呆弟呀，今儿个滑哥的嘴有些苦，就不去喝了，你自个儿喝吧。"话没说完就挂断了电话。

此系列撰于 2006 年

第五辑

嘿嘿轶事

◀ 相　亲

嘿嘿读书时不用心，特别是英语科，记得的单词不到10个，而且还不会写，发音也不准。可他偏偏附庸风雅，时不时来上一句。

那年嘿嘿去相亲。嘿嘿们那里相亲的规矩是，由母亲及七大姑八大姨等女长辈一起陪男孩儿到女方家去，如果乐意，就吃女方家一顿饭，算是定下亲来，如果不乐意，就不吃女方家的饭，表示亲戚不成。

那天，嘿嘿在母亲及三个姑妈、姨妈的陪同下去姑娘家，然而因公共汽车在半路出了故障，到女方家时，比约定的时间晚了两个小时。姑娘的母亲问："我还以为你们不来了哩，是哪样原因这半天才到哟？"问话中带着责备的味儿。嘿嘿的母亲正要回答，谁知嘿嘿却抢着说："bus！bus！"他的意思是公共汽车出了问题。可姑娘的母亲听成了"爸死爸死"，慌了，忙说："既然孩子他爸死了，这么大的事应该先料理，这边的事往后推一推也行呀。"嘿嘿的母亲气得哭笑不得，吼嘿嘿道："砍颈子死的，车坏了就车坏了，乱扯哪样爹死爸死的，你想老娘守活寡呀！以后再这样，看老娘撕烂你的嘴巴！"嘿嘿被老妈教训了一顿，赶忙答道："yes!yes!"这一下可更不得了，姑娘的老妈听成了"爷死爷死"，她气冲冲地想，八字还没一撇哩，就要咒未来的老丈人死，这还得了呀。原来嘿嘿们那里称老丈人为爷哩。于是姑娘的老妈把脸一黑，将正要端给嘿嘿妈的一杯茶往人面前的地上一泼，发狠地对大媒人吼道："她表叔娘，你眼睛长到后脑勺上去了是不是，给我家姑娘介绍这么个倒霉女婿！还不快叫他们给我滚出门去！"嘿嘿家去的人无奈，只得灰溜溜地滚出了女方的家门。

出了女方家门槛，嘿嘿还想申辩，不停地叫："no!no!"嘿嘿妈一听，更是气得火冒三丈，抬手给了嘿嘿一个响亮的耳光，骂道："搂你妈啥子？媳妇都飞了，还搂扫帚疙瘩呀！"嘿嘿被打得绿眉绿眼，蹲在地上"呜呜呜"地哭起来。

◀ 追姑娘

嘿嘿相了几回亲没有相成，心下便有些慌乱。一天，一位恋爱成功的好友在接受了他的宴请后，向他秘传了六字秘诀：胆大、心细、脸厚。嘿嘿得了这六字秘诀，决定立即去试上一试。

嘿嘿来到街上，看见一位长发飘飘的漂亮女郎，立即迎上前去说："小姐，你好，我叫嘿嘿，我想和你交个朋友行吗？"谁知那姑娘胆小，怯怯地看了嘿嘿几眼，转身就跑了。嘿嘿想：不能气馁，一定要再试上一试。

过了一会儿，嘿嘿又看见一位身材苗条的姑娘在前面走着，他立刻追上去，拉住姑娘的一只手半闭着眼睛说："姑娘，我爱你！嘿嘿。"谁知话刚出口，脸上就挨了一记响亮的耳光。那姑娘边打边叫："有流氓呀，抓流氓呀！"吓得嘿嘿撒腿就跑。嘿嘿吃了亏，仍抱着秘诀不放，决定再试一试。"事不过三嘛！"嘿嘿自己给自己打气。

第二天，嘿嘿在街上碰上一位剃男式头、穿露脐装的漂亮姑娘，忙迎上去说："嘿嘿，小姐，我叫嘿嘿，你的容貌使我倾倒，小姐，我爱——你！"这回那小姐却一脸笑容，满眼秋波地说：

"嘿嘿，我也爱你！"嘿嘿想，那六字真言还真的灵验哩，这回一定有戏。

谁知那小姐趁嘿嘿思忖时，已扑进嘿嘿怀中来了。"嘿嘿哥，想死我了。"一边幸福地说着一边就伸手解嘿嘿的衣服。这可是在大街上呀，嘿嘿赶忙挣脱那姑娘，转身就跑。那姑娘却撒腿追来，边追还边叫："嘿嘿哥，我爱你！嘿嘿哥，我想你！"嘿嘿跑得气喘吁吁，可始终跑不过那姑娘。嘿嘿跑到一个僻静处，累得眼花缭乱，喘气如牛，实在跑不动了，那姑娘追上来，紧紧地抱着他好一顿狂吻，吻得嘿嘿一口气上不来，晕倒在地上。幸而闻讯赶来的警察把他救到了医院，才算保住了他的小命。

嘿嘿后来才知道，那姑娘是因失恋而精神失常的花痴。给嘿嘿传授秘诀的朋友知道了这件事，对嘿嘿说："我那六字真言只有在彼此熟悉之后才能生效呀，谁让你去当街纠缠那些陌生姑娘呢？而且你还忘了要心细啊。唉——唉——"听了朋友的话，嘿嘿红着脸嘿嘿嘿傻笑起来。

◀ 救　美

嘿嘿追了几个姑娘没追上，就想演一出"英雄救美"的好戏，找一个美女来爱爱他这个大英雄。主意打定，他就开始行动了。

他选定了一条行人稀少的偏僻小巷，抱着根木棒躲在一间废弃的空屋里，从黄昏一直守到子夜，单等那坏蛋欺负那单身的漂亮女孩子时，冲出来与歹徒搏斗，先演"英雄救美"，然后便等待那美女来爱上他这个大英雄。

他就这样等啊等啊，大冬天的，躲在冰冷的空屋里，常常冷得他浑身发抖，但他的信念却是够执著的——他发誓：就是冷死也决不半途而废！

小巷里过往的人并不多，要么是"公不离婆，秤不离砣"，要么是醉归的酒疯子，他想像中的那种窈窕淑女却绝少有单身在深夜里从这可怕的小巷里通过的。但功夫不负苦心人，等了一个月零三天后，终于让他等到了一次机会。那晚深夜快到 24 点时，小巷的东端远远地飘来一个身材高挑、长发披肩、穿一身昂贵皮装的美丽倩影，嘿嘿看得眼睛都直了，心想："这正是我心目中幻想了很久的美女形象啊，要是这时候有个坏蛋来欺负她就好了！"嘿，你别说，嘿嘿还真的心想事成——那美女身后还真的躲躲闪闪地跟着个男人哩。"看样子，那美女还不知道她身后有一条毒蛇。我得这么着……"以为喜事将临，嘿嘿的心脏也乐得一蹦老高。

等那美女来到离他那间空屋最近的地方时，嘿嘿突然冲出来，大叫一声："美丽的姑娘，你的身后有歹徒！"话到人到，嘿嘿提着木棒闪电般从空屋中冲出，勇敢地向那美女身后的男人扑去，接着就与那男人打斗起来。而那美女却趁他们打斗的时候，飞也似的逃走了。嘿嘿很快被那男人制服了，而且手腕上多了一副冷冰冰的手铐。

后来，嘿嘿因妨碍执行公务被行政拘留了十多天。而他所救的那位美女也被关进了拘留所，不过那人已经不再是美女，而是一个光头男人。那是一个男扮女装，专以"色相"骗人劫财，做下了好几桩大案的犯罪嫌疑人哩。嘿嘿羞愧地想道：幸而那家伙被抓住了，不然事情就麻烦了。这一想倒把他吓出一通冷汗来。

◀ 中　奖

　　有一回，嘿嘿出差在外，一个人住在旅社时闲极无聊，就想跟妻子开开玩笑，于是打电话回家，说是他买福利彩票中了特等奖，已将 1688888 元存入了银行，他将持可以全国通存通取的储蓄卡回来支取这笔数字十分吉利——一路发发发发发——的巨款。起初，嘿嘿妻不信，嘿嘿就将在街上看到别人中了特等奖的情形滴水不漏地嫁接到自己身上，还赌咒发誓地说，如果是假话，自己将煤气中毒死于澡池之中。嘿嘿赌这咒时也没有忘了幽上一默。妻子于是笑骂了他一句之后相信了他的谎言。

　　接了嘿嘿的电话后，嘿嘿妻高兴得不得了，忍不住将这个天大的好消息传了出去。消息一传十十传百，几个小时之后，嘿嘿的几十位狐朋狗友就前来祝贺来了。一些平时跟嘿嘿针尖对麦芒地开玩笑的口舌朋友竟当场要嘿嘿妻请客，嘿嘿妻无奈，只得取出自己的私房钱，领大家去了一家高档餐厅，众同事狼吞虎咽一顿之后，男的要洗头洗脚兼按摩，女的要跳舞唱歌打保龄球。末了一结账，全部花销 16888 元 8 角 8 分，恰好是嘿嘿中的那笔奖金的百分之一，也是个特吉利的数字——一路发发发发发。嘿嘿妻虽然心疼，但想到那笔平生见都没有见过的巨款，也就心下一宽，一笑了之了。

过了两天，嘿嘿回家了，妻子问他要可以全国通存通取的储蓄卡，嘿嘿哪里拿得出，只好坦白交待。未中大奖却花了一大笔钱，嘿嘿妻又气又心疼，竟架不住这个"沉重"打击，昏了过去，六个小时方才悠悠醒转。

这个玩笑开得真叫惨不忍睹，嘿嘿竟好几个月没有嘿嘿过一次。

◂ 捉　奸

嘿嘿的家在城郊乡下，是个独门独院的小院落。一天下午，妻子尚干活未归，嘿嘿下班回去，打开院门，却见院里有两条蛇正紧紧地缠在一起行"夫妻之事"。嘿嘿十分迷信，见此情景，心下生出不祥之感，于是第二天便去找张瞎子算命。张瞎子神神秘秘地掐了一阵手指头故意卖关子说："先生，不好说呀。"

嘿嘿急于想知道谜底，催张瞎子快说。

张瞎子假装叹了一口气说："先生家门不幸。家中蛇起雾（黔北方言：交媾），必有奸夫和淫妇啊。"

听了张瞎子的话，嘿嘿气得火冒三丈，想立即回家教训妻子。然而没走多远，却突然想起"捉贼拿赃、捉奸拿双"的古训，于是决定先摸清情况再说。

嘿嘿开始不动声色地观察起家中情况来。他发现这些天他老表刘花二经常到他家来串门，还有意无意说些不荤不素的话。嘿嘿心想："定是这厮给我戴了绿帽子，我非拿到这对奸夫淫妇的把柄不可。"

主意打定，嘿嘿装出很依依不舍地对妻子说："我要出趟远门，要一个星期才回来。真舍不得离开你呀。"妻子也黏黏地说："我也舍不得你呀。不过，既然有事，你就放心地去吧，家中我会照管好的。"嘿嘿想："装得黏黏的，其实心里巴不得我永远也不要回来才好哩。"

　　当天，嘿嘿在外面逛到深夜零时才回家，他翻墙进到院里，先是躲在妻子卧室的窗外听动静，听了半天没有听出名堂来。嘿嘿耐不住了，决定火力侦察。于是便装出刘花二的声音，边叫妻子的乳名，边说些肉麻的话。一会儿，见屋里的灯亮了，妻子也来打开了窗户。嘿嘿心里骂道："果然是有奸情呀。"谁知正在咬牙切齿地想骂妻子时，头上却挨了一盆水，浇得嘿嘿像只落汤鸡，而且那水还有一股浓浓的臭味儿。嘿嘿明白，这不是什么水，而是家里下水道堵塞，妻子夜里小解不方便，蓄的一盆子尿液。正在嘿嘿狼狈不堪之时，却听见妻子骂了起来："狗日的刘花二，你想趁我家嘿嘿不在家时来找老娘的便宜，没门！滚，再不滚老娘就用开水淋你了！"嘿嘿吓得转身就逃，在翻出院墙时又摔了一跤，不但跌得屁股刀割般疼痛，还摔在了一堆狗屎上。狗屎加人尿，真是臭不可闻。

◀ 水　鬼

嘿嘿好饮贪杯，经常醉得偏偏倒倒，出尽洋相。有一回出洋相，竟闹出一段举世罕闻的笑话来。

那天，他半夜醉归，路过离他家不远的一口鱼塘时，忽然看见了塘中月亮的倒影，感到十分奇怪，模模糊糊地想道："月亮怎么掉到塘里了，要是淹坏了今后可就没有月亮了，我们晚上走路不是就看不见路了吗？看不见路可是要摔跟斗的。不行，我得去把它捞起来。"于是嘿嘿立即采取了行动，将衣裤全部脱掉，一丝不挂地跳下塘去捞月亮了。幸而塘水不深，仅淹到嘿嘿的胸脯。嘿嘿在塘中扑来扑去地捞了一阵，什么也没有捞着。仰头一看，那月亮不是好端端地挂在天上吗？于是他便认为是月亮在捉弄他嘿嘿，心头就不高兴了，一不高兴就骂起月亮来。嘿嘿经常酒后骂人，时间一长就形成了特色——一边骂，一边手舞足蹈地又蹦又跳，至于骂些什么，却没有人能听得清楚。他在塘中骂月亮就更是好玩得很，嘴里叽里咕噜像是鬼在哭泣，又蹦又跳还把水弄得稀里哗啦，真像一只水鬼在那里捣乱一般。

嘿嘿这一闹腾，惊醒了睡在塘边小木房里看鱼的鱼塘主人。

他看见这个情景，吓得三魂出窍，立即惊呼起来："有水鬼呀！快来捉水鬼呀！"那惊诧诧的呼喊声在夜空中悠荡着，令人听起来毛骨悚然。一会儿，那些听到喊声的村民便电筒火把、锄头钉耙地来到了鱼塘边。

"打死它！打死它！不能让它出来害人！"有人提出了主张。"捉活的，捉到后弄到动物园去可能还能卖钱哩。"有人提出不同的主张。"对，但要先用狗血喷到它身上，使它不能变化才行。"有人补充说。"嗨，说些来扯，这会儿到哪里去弄狗血呢？不如用妇人尿来代替狗血，我听说鬼被妇人尿喷了也不能变化。"有人想出了更简便的办法。于是，就叫到场的妇人们躲到小木房里去把尿撒在一只大桶里。妇人们撒尿去了，男人们也没有闲着，七脚八手地找来几张网网起来。等妇人们把尿提来时，男人们已经把"水鬼"拖到了塘坎上。于是，满满一大桶尿劈头盖脸地淋到了嘿嘿身上。嘿嘿被淋了妇人尿，还以为是酒友在用酒泼他，舔了舔脸上流下来的尿，使劲咂咂嘴，叫起来："好酒呀，好酒！你这个鬼月亮，没想到我嘿嘿骂了你，你还用吴刚酒来淋我，真够哥们！"大家听他这么一叫，借着火把仔细一看，才看出是嘿嘿。嘿嘿老婆见嘿嘿如此丢人现眼，挤进人群，狠狠一巴掌扇在嘿嘿的光屁股上，嘿嘿屁股一痛，酒醒了一大半，当他发现自己竟赤身裸体地暴露在众目睽睽之下时，感到十分尴尬，又"咚"的一声翻下塘去借水遮羞，继续乱蹦乱叫装神弄鬼，再也不肯当着人面上来。

◀ 闹　鬼

嘿嘿学会搓麻将没几天就成了迷，整天沉醉其间，乐不思归。

一天晚上，在一位单身男性麻友家与几位同性麻迷鏖战，嘿嘿手气特臭，一会儿就输光了身上准备给老婆买手机的钱。嘿嘿想："坏事了，回家后老婆要手机怎么办呢？我得扳回本儿来才行啊。"于是轻伤不下火线，向麻友借了 2000 元，继续搓下去。可是才 1 个多小时，这 2000 元又输了个精光。

嘿嘿输红了眼，索性脱掉上衣作为赌注，继续赌下去，希望血本可以魂兮归来。然而他的希望又成了泡影。接着，嘿嘿把他的裤子也作了赌注，可越心慌越霉气，不一会儿，身上便输得只剩下一条裤衩了。嘿嘿实在没什么可输了，就准备回家，一位"好心"的麻友打算把衣裤还给嘿嘿穿回家去，可信奉"打牌赌钱真金子"的嘿嘿输得起钱和衣裤却输不下一口气，硬是不接受这位麻友的好意，只向主人家借了立在门旮旯儿的一张破草席，往身上一裹，就离开麻友家，专拣僻静小巷往家里赶。由于草席太宽，裹在身上如果要露出两脚走路，就势必遮了眼睛，如果露出眼睛，又势必裹了两腿不好走路。好个嘿嘿，将就了眼睛却委屈两条腿，只好一路小跳着走。远远一看，就像僵尸一般。

俗话说"麻雀飞过都有个影子"，嘿嘿裹着草席赶路的怪模样很快就被人看见了，看见的人吓着了，大喊道："有鬼呀，有僵尸鬼呀！"这一喊，坏了，那些不怕鬼的人纷纷开门看热闹了。还有人觉得可疑，拨通了"110"。一会儿，"110"赶来了，有位想一夜成名的年轻警察叫大家散开后，一个人向"僵尸"猛扑过去，将"僵尸"掀翻在地，剥去了草席。这一来，嘿嘿便赤身裸体地暴露在众目睽睽之下了。

可惜年轻警察未能出名，嘿嘿却又一次成了"大名人"，他的"事迹"上了电视，登了报纸，着实"风光"了好一阵子。

◢ 卧薪尝胆

　　自从嘿嘿迷上麻将赌博，那天连衣裤都输了，不得不以一条破草席裹了跳着回家，结果被别人误认为僵尸鬼捉了，大出了洋相之后，就决定卧薪尝胆，练好麻术再去一搏，扳回老本和脸面。

　　嘿嘿家是县城郊区的一户农家小院。嘿嘿每天下班回来，就抱着本《麻将牌高级战术》之类的书和一副麻将牌钻进后院的柴房里，学着古人，躺在柴草上，一边研究麻将牌战术，一边舔着悬在头上那只苦得要命的猪胆。而且每晚都睡在柴房里，害得妻子独守空房。妻子不忍心，苦口婆心地劝他回房里去睡，他却不但不听妻子的话，反而骂妻子头发长见识短，婆婆妈妈的烦死人。妻子提出到柴房里陪着他度过漫漫长夜，他也怕妻子影响了他的"修炼"而坚决不允。妻子说她曾见柴房里有毒蛇出入过，他也听不进。

　　妻子想，得想个办法让他自己乖乖地回到房里去。于是妻子便如此如此这般这般地布置起来。

　　那晚，嘿嘿进入了梦乡，正梦见自己在与几位麻友酣战，几位麻友身上的衣裤都输给他了，全都一丝不挂地被冷得瑟瑟发抖哩。这时，突然觉得裤裆里有什么东西在蠕动，伸手一摸，长长的，冰冰的，是蛇！嘿嘿一下子从梦中惊醒过来。哎呀，被窝里、裤裆里还真有不知多少条蛇在蠕动。嘿嘿这一吓，全身冷汗便冒了出来，慌忙伸手开灯，谁知怎么也开不亮。于是，惊叫一声便昏过去了。

嘿嘿妻听见丈夫惊叫，赶忙打着电筒把嘿嘿背回了屋里。嘿嘿好一阵才苏醒过来，可是却变得痴呆起来，从此，终日打惊打诧，凄凄惶惶。

原来，嘿嘿妻见说不动丈夫，就从市场上买回了几斤活着的鳝鱼，趁嘿嘿熟睡时，掐断了通进柴房的电灯线，从窗口把鳝鱼放了进去。谁知嘿嘿竟如此不经吓，痴呆了三个月之久才慢慢好转。

◀ 白门牙

嘿嘿刚进入不惑之年时，学到了一句市井"名言"："男人四十一枝花，找个情人去潇洒。"他想："我嘿嘿又不是什么圣人，为什么不去潇洒潇洒呢？"这么一想，就禁不住心里发痒，似乎不找个人挠挠就止不了痒似的。男人只要朝那个方面去想，机会总是有的。这不，嘿嘿就发现了这样一个女人：三十多岁，离婚，无业，以在大街上擦皮鞋为生，人长得还有几分姿色，那一口白生生的牙齿，更是特别惹人喜爱。嘿嘿见了她，心中直叫"擦鞋西施"。他想："生活这样艰难的单身女人，只要你给她些好处，让她做个情人估计不是难事。"于是，他便天天去找那个女人擦鞋，而且每天两次三次的去。几天过去，那女人就跟嘿嘿成了"老熟人"。嘿嘿还专门去街上制作了一盒名片，上面不但列了姓名和电话，还把他被收入《世界华语文学创作名人大辞典》的事也打在背面，只是隐去了他因上这个大辞典曾花去了 888 元钱的事。对了，为了显示自己的能耐，他还特意顶着老婆的责备去买了一只手机，办了全球通的业务。有了名片，那天他便很潇洒地给了那女人一张，还说："有事请打手机，全球通的！"那女人虽然接了他的名片，可对他总是保持着距离。嘿嘿有时假装没注意，碰碰她的身子，她也很机敏地闪开。嘿嘿想："大白天的，又在街上，她肯定不好意思，还不如……"嘿嘿主意打定，就悄悄地跟踪那女人，找到了那女人租住的小屋。第二天晚上，嘿嘿特意去一家高档美发屋，花了188元钱玩了个时髦的头式，又花了两千多元买了一套高档西装兼一条高档领带和一双高档皮鞋，连衬衣、皮带和袜子也换了高档的。总之，是他嘿嘿从来没有穿过的，从里到外、从上到下的一身名牌。打扮齐整后，嘿嘿就鼓起勇气找到了那女人租住的小屋。那女人因正在门外煮饭，所以门开着，嘿嘿上身一窜就钻进了女人的小屋。女人的小屋小而简陋，除了一张床外连坐的地方也没有。女人见嘿嘿突然闯入，心里就慌了，忙问："嘿嘿哥，你怎么到这里来了，瞧瞧，这么简陋，真不好意思。"嘿嘿装出一副经验丰富、又有爱心的正人君子样说："人是三节草，不知哪节好。你目前的困境很快就会过去的……"说到这里，嘿嘿觉得领带有点紧，就用手抠了抠又继续说："哎，你这么漂亮，简直就是当代西施，嘿嘿哥我早就……嘿嘿……早就……嘿嘿……喜欢你了，只要你……嘿嘿……跟我好，我保证你……嘿嘿……有吃有穿！"毕竟是第一次"黑杏出墙"，胆儿竟不争气起来，话也结巴了，头上也冒汗了。说了这话，嘿嘿心里祈求："擦鞋西施，你可千万别拒绝呀！"可事与愿违，那女人竟这样说："嘿嘿哥，这怎么行呢？千万不行的，这多不好呀！"嘿嘿一听女人的话，并没有强硬推辞，觉得有戏可唱，就不顾脸面和崭新的西裤，"咚"一声跪在女人面前，拉着女人的裤脚说：

"西施，我的西施呀，我太太太太爱你了，你你你就答应我吧。"那女人伸手拉起嘿嘿说："不行呀，嘿嘿哥，我怕你呀，我一看见你那两颗黑黄黑黄的门牙心里就直打战，怎么能跟你那个呢？你还是回去把你那两颗门牙好好处理一下再来找我吧，我一定等你……等你……"嘿嘿无奈，只得磨磨蹭蹭地在那女人的小屋里捱了好一阵，才像漏了气的皮球一样蔫妥妥地回去了。回到家后，首先是对着镜子仔细端详自己那两颗门牙，那两颗门牙的确是死黄死黄的，还仿佛涂着些墨黑的锅底灰，真是要多难看有多难看。看着这两颗牙齿，嘿嘿真是恨不得拔掉才好。为了把这两颗牙齿刷白，他嘿嘿是什么牙膏都试过了，就是不管用，拔掉再镶瓷牙或金牙吧，又实在怕痛，还担心今后受苦。为此，嘿嘿狠狠地伤心了一夜，第二天又到街上到处乱逛，希望找到能使他的牙齿增白的法儿。你别说，功夫不负苦心人，还真让他找着了一个走街串巷的江湖牙医，挑着的布帘子上画着一口白牙，旁边两行大字写的是："宫廷秘方，增白牙齿。"嘿嘿见了高兴，赶忙迎上去，咧开嘴唇，让牙医给他增白那两颗大门牙。牙医用钩子钩住他的上嘴唇，就开始用刀子在那两颗大门牙上刮，可不管怎么刮，就是刮不掉那层黑黄的东西，又改用另一种法子——给嘿嘿的那两颗大门牙抹上一层白色的粉儿。这粉儿还真见效，一会儿就牢牢地粘在嘿嘿的牙齿上了。嘿嘿别提多高兴呀，给了牙医918元酬谢费就兴冲冲地回了家。

嘿嘿的妻弟正在嘿嘿家玩，嘿嘿一回来就绘声绘色地讲他的牙齿如何变成白的了。妻弟掰开他的嘴唇一看，吃惊地说："嘿嘿哥，你上当了，什么宫廷秘方的白粉儿，分明就是街上卖的白水泥。"嘿嘿听了只是不信，妻弟又说："我天天给别人搞室内装饰，天天跟白水泥打交道，难道还会认错？不信你嚼嚼带色的东西试试，那白水泥还没有干定，定会给你粘上的。" 嘿嘿依言嚼了几块巧克力，顿时，那两颗大门牙就变成黑的了，这才信了妻弟的话，连呼上当。妻弟说："不要紧，我帮忙给你铲掉就是，不用开手术费的。"于是找来铁凿和铁锤，叫嘿嘿咧开嘴唇，就像铲地板上的干水泥一样，叮叮当当地敲打起来，痛得嘿嘿流了好多眼泪和牙血才修理干净。但那两颗门牙仍然黑黄依旧。

"怎么办呢？怎么办呢？"嘿嘿跑到卫生间漱口，突然发现卫生间里放着一瓶清厕剂，心想："这清厕剂能清掉白瓷上的黑斑，牙不也是瓷质的嘛，肯定也能清洗掉。"于是不加考虑就将牙刷伸进瓶里搅一下，粘些清厕剂出来便往两颗门牙上刷，谁知清厕剂一沾牙，那牙就钻心地疼痛。嘿嘿忍不住，就"爹呀妈呀"地在卫生间里乱滚乱叫起来。他哪里想到，那清厕剂可是强酸呀。他的老婆和妻弟听到他鬼哭狼嚎，赶忙将他送到了医院。医生一看，坏了，嘿嘿的两颗大门牙已经保不住了，而且因为牙龈已遭到腐蚀，至少半年之内也不能装假牙。

嘿嘿缺了两颗门牙，上嘴唇扁了，一张嘴还黑洞洞的，能把小女人们吓个半死，连相濡以沫二十年的老婆都怕见到他那副尊容，哪里还敢去找擦鞋西施玩潇洒呢？

◀ 打老婆

　　嘿嘿性格懦弱，见人总是无乐而笑，"嘿嘿"不断，从不敢对任何人稍有得罪。笑脸陪得多了，脸上的肌肉都拉成了一圈一圈以嘴巴为中心的圆弧。

　　然而，回到家里的嘿嘿却是另一副面孔，常板着脸训教妻儿，俨然一个伟丈夫。有时还会无缘无故地打骂老婆一顿。偏偏他老婆性格懦弱，总是打不还手，骂不还口。久而久之，嘿嘿打老婆便上了瘾。

　　一天晚上，嘿嘿洗澡时，一会儿叫老婆给他递香皂，一会儿又叫老婆给他递毛巾，再一会儿又叫老婆给他搓背。老婆给他递香皂时，他没有接稳，掉在了地上，他便顺手使劲地在老婆右屁股上打了一巴掌；老婆给他递毛巾时，他嫌老婆手脚慢了一点儿，又使劲地在老婆左屁股上打了一巴掌；老婆给他搓背时，他感到不舒服，又在老婆脸上扇了一耳光。

　　谁知这一耳光打下去，从来不发火的老婆却发起火来了。只见她一边哭闹，一边冲进厨房，提来菜刀就作势要砍嘿嘿，这一下吓得嘿嘿三魂少了二魂半，顾不得赤身裸体，一丝未挂，就夺门而出，边大呼救命边飞快地跑到了院子里。其实，嘿嘿的老婆只是吓唬他而已，并没有追出门来。邻居们开门见了嘿嘿的狼狈相，又好气又好笑，有好事者写了一篇稿子发表在一家晚报上，标题好长，是两段三句半："嘿嘿性本弱，在家却凶恶，洗澡打婆娘，——傻砣！婆娘被惹火，提刀要砍割，嘿嘿逃出门，——全裸！"

嘿嘿陡然间成了"名人"，面对众多熟人的取笑，嘿嘿总以"嘿嘿"了之。过了那一次，嘿嘿再也不敢打骂老婆了。

◀ 大忙人

　　不知嘿嘿怎么总有那么多事做不完，终日忙忙碌碌，累得猴子推磨一般。俗话说忙中有错，嘿嘿也不例外，办事总是丢三落四的。

　　一天，妻子不忍心看到丈夫太累了，就叫嘿嘿跟她一起去50公里外的城里逛一逛，休息休息，顺便买些时令服装。

　　等嘿嘿忙这忙那忙了半天后随妻子去到城里，已经是下午2时了。他们逛了一阵后，到商店里选好衣服将要付钱时，嘿嘿一摸口袋，不好，准备带来的两千元钱和手机都忘在家里了，身上只剩下百十元钱，怎能买衣服呢？于是，嘿嘿又忙起来，竟忘了等正上洗手间的妻子出来打声招呼，就转身跑出商店，爬上的士赶到长途车站，换车回家取钱去了。到家后一摸钥匙，不好，钥匙还在妻子的手提包里哩。不行，还得再去把钥匙拿来才能开门取钱。遂又急奔车站往城里赶。当然，他没有想起在半里远的中学读书的女儿身上也有钥匙。

　　到了城里，嘿嘿又忘了自己先来的是哪家商店，便又到处乱找起来。幸而因丈夫失踪已三个小时，正心急如焚的妻子站在那家商店门口发现了正窜头窜脑找自己的嘿嘿，才赶忙呼叫使嘿嘿停下脚步来。待问明情况后，妻子哭笑不得地说："从家里出门时，你不是把钱和手机装在我包里的吗？"嘿嘿这才一脸倦容地嘿嘿嘿笑起来。

买了衣服走出商店大门时，妻子忽然发现，嘿嘿的右裤腿的外缝不知几时从腿弯处向上裂开了一尺多长的口子，嘿嘿那少见太阳的大腿正一晃一晃地闪着刺眼的肉光哩。

◀ 吃冰棍

一个大热天，嘿嘿与十余人同行到城里游玩。

中午时分，嘿嘿口干舌燥，见路边有一处冰棍生产点，于是招呼也不打一声就转身去买冰棍了。到了冰棍生产点，嘿嘿虽口渴难耐，却不肯买柜中存货，欲买新产冰棍，于是驻足立等。

其余人不知嘿嘿已然离队，继续前行，进了不远处一个大商场。嘿嘿购得十余支冰棍兴冲冲追来，却不见了同行者踪影。可冰棍不耐热，已开始融化。

嘿嘿暗忖："弃之可惜，不如独食，定然凉爽非常。"于是以极快速度，如非洲鬣狗嚼兽骨吞食一般，将十余支冰棍全数吃到了肚子里。以热极之胃纳众多冷极之物，冷热冲荡不调，其胃遂剧烈疼痛起来。嘿嘿忍不住疼痛，当街便倒，乱叫乱滚。

嘿嘿这一闹，引来了数不清的围观者，把交通都给堵塞了，于是交安、城管、新闻媒体、110等部门以为发生了什么惊天动地的大事，全都驾车急驰而来，警笛也骤然响成一片。其壮观、热闹的场面一直维持了一小时之久，当晚的市电视台新闻节目也滚动播出了这条因吃冰棍引起一场大骚动的奇闻。

同行者后来撰对联耍笑嘿嘿，其联是：嘿嘿吃冰棍，肚子疼痛，满地打滚；路人看稀奇，交通阻塞，全城沸腾。嘿嘿读了对联，也禁不住自顾自嘿嘿嘿笑起来。

◀ 请君入瓮

嘿嘿这人挺爱玩恶作剧，而且有时候玩的恶作剧还真恶得能把人给吓死。有一回，嘿嘿见几个牌友正在玩麻将赌钱，也心痒痒地想参与，可是牌友刚好四人，没有他的位置了。他又提出要打五抽，轮流让一人候着，可那几个牌友也正在兴头上，便没有同意他的请求。嘿嘿恶狠狠地想："你们不让我玩，我也决不让你们玩好！"于是便退出门去打起了歪主意。

一会儿，嘿嘿抱着一个纸包闯进门来，那纸包上还赫然插着一根导火绳。嘿嘿蛮横地将那个纸包往麻将桌上一砸，摸出打火机就点导火绳，还边点边吼："你们不让我参加，我炸死你们！"牌友还没有明白过来是怎么回事时，那导火绳已经"哧哧"地喷出火花来。接着嘿嘿迅速退出门去，将门反锁了。几个牌友眼见火绳吓煞人地燃着，一个个吓得魂飞魄散，有的钻桌子脚，有的撞门，还有一个叫王二麻子的吓得最惨，竟尿了一裤子。接着"轰"的一声响，几位牌友便全都倒在了地上。

这时，嘿嘿开门进来，在几位牌友屁股上打了几巴掌，边打边骂："没想到，一串鞭炮加几块泥土就把你们吓成这样，真是一群胆小鬼！"那几位牌友慢慢睁开眼睛，发现全都好好地活着，这才明白上了嘿嘿的当。

事后，那几个牌友越想越气，特别是那位尿了裤子的王二麻子，更是恨得心尖子都肿了，于是便暗地里商定，也要玩个上档次的恶作剧，给嘿嘿长点见识。

转眼到了冬天，时不时地有雪花飘下来。那天，几位牌友又来约嘿嘿去打麻将赌钱，嘿嘿也正牌瘾大发，便欣然前往。正在几人玩得高兴时，突然响起了"砰砰砰"急促的擂门声。牌友们说："不好，是公安来抓赌啦！"于是大家便"乱"作一团，到处寻找出路。可这套房子在二楼，除了被擂响的那道门外，没有其他出路，又不敢跳楼。"逃不了就暂时藏起来吧。"嘿嘿想。可找来找去都没有找到藏身的地方。

"砰砰砰"的擂门声越响越急。这时，嘿嘿发现一间屋里有一只盖着盖子的大瓷缸，跑过去一看，见是大半缸子爆米花，于是一个鬼主意便冒了出来："要是躲进缸中，让爆米花给埋着，鬼才找得到我。"时间紧迫，嘿嘿双手撑住缸沿，双脚一曲，随着一个漂亮的体操动作，就"扑通"一声落进了缸里。砸在爆米花上怎么会"扑通"一声呢？原来那缸里装的是水，只有不多的爆米花浮在水面上。那水奇寒无比，将嘿嘿的一身棉衣棉裤全湿透了，冻得嘿嘿上下牙直打架。可嘿嘿强忍着彻骨的寒冷，盖好盖子，一动也不敢动。一会儿，嘿嘿听到急促的脚步声进了他藏身的那间屋子，而且有人直向大缸走来。嘿嘿吓得憋住呼吸，连头也埋进了水中。这下可更有好戏看了，原来缸中还有一群饿极了的小螃蟹，刚才在嘿嘿的棉衣棉裤上爬一阵，没有找到下口的地方，这回见到一个有几个孔洞的怪东西落下来，还以为是什么又好吃又好玩的物件，就一齐冲上来，有的咬鼻子，有的咬耳朵，有的跟嘿嘿亲密接吻，有的往衣领里使劲钻……与此同时，那些从衣服下摆和裤管里钻进去的"先头部队"也开始活动起来。嘿嘿突遭多处袭击，痛得妈呀妈呀直叫起来，这一叫又连喝了好几口水，而且一下子顶开缸盖，直起身来，一边哭叫一边周身乱拍乱打，鼻子上、耳朵上都流着血，最要命的还是钻进裤裆的那些家伙，有的使劲用大螯夹住他的前阴往蟹嘴里送，有的却以为找到了一个很好的栖身之处，争先恐后地往他的后窍里钻。他实在没法，只得乱撕乱扯地几下把衣服剥了个精光。这下更糟，众螃蟹在没有了障碍的情况下，竟同心协力地往他所有裸露的地方使劲地撕咬。在人蟹大战中，大缸"轰"一声倒了，弄得满屋子都是水和螃蟹。嘿嘿全裸着身子，背着满身螃蟹爬出那间屋子，大喊"救命"，却见几个牌友笑嘻嘻地看着他，其中还有先前并未在屋里参加打麻将的王二麻子——其实，刚才擂门的就是这位麻老兄。大家见嘿嘿要有多狼狈就有多狼狈，心中不忍，才七手八脚地帮他抓掉身上的螃蟹，然后用一床被子将他裹了，把他放到一张床上去躺着。事后，嘿嘿竟打了好几天吊针，而且过了整个冬天才慢慢恢复了元气。

这个请君入瓮的恶作剧，真把嘿嘿玩得惨不忍睹！

◀ 两记耳光

嘿嘿好饮贪杯，虽出过多次洋相，但仍改不掉这个坏毛病。那日，嘿嘿又酩酊大醉。酒后，嘿嘿摇摇晃晃往家走，可已经分不清东西南北。嘿嘿走进一条巷子，看到所有房屋一模一样，便以为巷口那扇门是自家的，就敲了起来。开门的是一个中年女人，嘿嘿越看越像自己的妻子，张开双臂就拥抱那女人。那女人十分生气，抬手给了嘿嘿一记响亮的耳光，并把嘿嘿推了出来。嘿嘿吃了耳光，懵懵懂懂中方有一丝儿察觉自己弄错了。后来，嘿嘿虽迷迷糊糊，也再不敢贸然敲门，只好一直在这条巷子里转来转去，虽多次经过自家门口，仍不能万分确定，只好不停地转，嘴里不清不楚地咕噜着数字，也不知道他咕噜的是门牌号码还是电话号码，还是自己跟自己猜拳行令。就这样转了整整一个晚上，还几次把巷中的电杆当成酒友，拍着电杆称兄道弟。天蒙蒙亮时，嘿嘿看见一个女人出门倒垃圾，就麻着胆子上前问道："请……请问……大……姐，……嘿嘿……家……住哪里……里？"不料，那女人双眼一瞪，上前又是一记响亮的耳光。嘿嘿吃了耳光，脸上一痛，酒已醒了几分，这才发现打他的竟是他老婆。

153

◆ 模拟抢劫

　　或许是警匪片看多了的缘故，嘿嘿竟产生了一个奇怪的念头：干一次模拟抢劫的恶作剧，吓唬吓唬平时总对他嘿嘿不大在乎，又总说他没本事的妻子。产生这个奇怪念头后，嘿嘿竟欣喜得吃饭睡觉都禁不住自顾自地笑出声来，于是决定在他过生日那天实施他的模拟抢劫行动。没过几天，嘿嘿的生日到了。嘿嘿上班时溜岗去买了一双黑色丝袜，一套黑色紧身服和一把仿真玩具手枪。那天，嘿嘿下班后先打了一个电话回家，说是因加班要很晚才能回家。

　　天黑后不久，嘿嘿就摸回去了。他家是县城郊区的一个独门小院。嘿嘿悄悄摸进院中，在墙旮旯换上那套黑色紧身服，把一只黑色丝袜套在头上，装扮成一个凶狠的劫匪模样，然后举着"枪"便去敲门。

　　守着一桌好酒好菜和一盒生日蛋糕等着嘿嘿的妻子听见敲门声，骂一句"死鬼，怎么才回来"就去开门，谁知进来的却是一个持"枪"的蒙面"劫匪"。

　　嘿嘿一步挤进门去，用"枪"抵着妻子的肚子，沙哑着声音说："别叫，快把钱交出来！"嘿嘿这一招，还真把妻子吓得三魂出窍，颤抖着说："没，没钱。"连舌头都像打了结一般。嘿嘿知道家里没钱，也不是真要抢劫，就开玩笑说："没钱也行，我只要你……"说着就动手动脚。这下更把妻子吓得惨不忍睹，语无伦次地哀求着："别！别！……"连眼泪都掉了下来。妻子越是怕得掉泪，嘿嘿越觉得妻子可爱之极，于是怜香惜玉之心陡然占据上风，竟忘了自己是"劫匪"，把"枪"往桌子上一扔，抱着妻子，连头上的丝袜也没有褪下就亲吻起来。"劫匪""动了真格"，妻子"没了退路"，决定拼死一搏，于是张开嘴，露出一口白森森的牙齿，就向嘿嘿的鼻子咬去，咬得嘿嘿喊爹叫娘，好不容易才挣脱出来，还幸而有一层丝袜"保护"着，否则还非得丢了鼻子不可。挣脱"劫匪"，嘿嘿妻便去抓菜刀，吓得嘿嘿赶忙叫："我是嘿嘿。"并一把扯下了头上的丝袜。

当晚，嘿嘿捂着流血的鼻子到医院进行了包扎处理。但伤口加骨折，使嘿嘿贴着纱布痛苦了一个多月。而且妻子又杀了个回马枪，作出不依不饶，非要与嘿嘿离婚的架势，弄得嘿嘿凄凄惨惨，撕破老脸，向妻子下跪求饶才得到谅解。

◀ 形式主义

嘿嘿对形式主义大有意见，在他眼里，本来的形式主义当然是形式主义，有许多并不是形式主义的东西，也被他偏看成了形式主义。

那日深夜，嘿嘿大醉而归，途中一跤摔倒，后脑勺伤了一条大口子，血流不止。幸而一位朋友路过，把半昏迷状态的嘿嘿送到了医院。

过一会儿，嘿嘿清醒了些，朦胧中发现自己头缠绷带正在输液，于是指着倒吊着的药瓶大叫："形式主义，通通的形式主义，赶快拿开！"护士无奈，急召两名实习生一左一右将他按在病床上继续输液。

嘿嘿虽然被按着难以动弹，但嘴却闲不住，兀自骂着形式主义。输液的器具和药品，以及头上的绷带等，通通被他当成形式主义，一概骂得狗血淋头。

骂了好一阵，嘿嘿昏昏睡去。睡了不到半小时又醒过来，这时两名实习生恰好没在身边，于是嘿嘿又骂道："形式主义，通通的形式主义！只有酒才是实在的。"他边骂边翘起身子，扯掉手上的输液针，拉下头上的绷带，跳下床，飞快逃出了医院。

嘿嘿逃出医院后没去别处，又到了一家通宵营业的酒店，要酒要菜，自斟自饮。本来大醉未醒的嘿嘿饮了一会儿，醉上加醉，又"轰"一声倒在了地上，以致刚缝合的伤口再次裂开，还拉长了寸许。

嘿嘿二度被送往医院后，三天才从昏迷状态中醒来，不过这回很安静，因为他已虚弱得说话都十分吃力，当然就没力气再骂形式主义了。

◆ 本本主义

有一段时间，嘿嘿学到了本本主义呀、教条主义呀等新名词，便成天挂在嘴上，以显示自己知识渊博，出语深刻。

一天，嘿嘿到山上游玩时，发现一棵枫树桩上生了许多冻菌，便欣喜地捡回家来。正当煮熟将吃之时，一位学中医的朋友跨进门来，当他得知这是枫树菇时，夫子般文绉绉地告诫嘿嘿说："此菇不能食也，张仲景之《金匮要略》有云，'食枫树菇而笑不止'。"嘿嘿听了嘿嘿嘿大笑起来："本本主义，典型的本本主义！我偏要吃，看看究竟如何。"于是嘿嘿狼吞虎咽地吃起来，那位中医朋友只得叹着气为嘿嘿担着心。

吃完枫树菇不一会，嘿嘿真的嘿嘿嘿大笑起来，一声比一声响亮，想止也止不住。腮帮子酸软了，笑不止；肚子疼痛了，笑不止。后来笑得嘿嘿受不住，只得在地上打滚儿。

那位朋友见势不妙，立即回家搬来《金匮要略》，戴上老花镜，翻到写枫树菇那儿，读道："食枫树菇而笑不止。人粪汁饮一升。土浆饮一二升。大豆浓煮汁饮。服诸吐、利药，并解。"读完便去厕所舀来人粪汁给嘿嘿灌下去，又去捣了泥浆灌了，再煮了大豆汤灌了，最后才给嘿嘿服了吐、利药，弄得嘿嘿反复大呕大吐。折腾了六七个小时，才停止了大笑。但肚子疼腮帮软不说，最难受的还是喝了那么多的人粪水，实在感到恶心。

　　嘿嘿躺在床上将息的几天中，反复琢磨着一个问题：本本主义真是害人不浅啊！

◀ 醉鬼擒盗

清明节后的一天，嘿嘿的一个乡下亲戚家娶儿媳妇，嘿嘿去送人情。席间摆出酒来，嘿嘿可是黄牛见不得尿桶，禁不住一杯一杯地只管往肚子里灌，一会儿就灌了个酩酊大醉。

嘿嘿从亲戚家出来，天已经黑了。他一路叫骂着，手舞足蹈地乱走乱窜。也不知走了多久，嘿嘿竟窜进了一处乱坟岗里。那里阴森森的，平时白天都很少有人敢去，可醉了酒的嘿嘿不知道这是什么乱坟岗，只管一路闯进去。在乱坟堆中胡闯了一阵，看见那些坟头上有些花花绿绿的纸条子在月光下飘摆着，嘿嘿也不明白这是别人家在清明节时为死去的亲人挂的清，就顺手抓来好几笼，披挂在头上和身上，更欢地在乱坟堆里乱跳起来。说来也巧，这时候正有一个盗墓贼在乱坟堆里挖坟寻宝。这是一个惯犯，已经盗过好多座坟墓了，公安们查不出来，正在挨批评哩。这时，他刚掘开一座坟墓，揭开了棺材盖，就听见嘿嘿嘿一阵阴笑，心中一颤，回过头来，却见一个浑身花里胡哨、乱叫乱跳的鬼在身后站着，吓得他"妈呀"一声跳出墓坑就跑了。嘿嘿跳了一阵，脚下一滑，摔进了墓坑里。他在墓坑里乱摸一阵，仿佛摸到一个长方形的东西，模模糊糊地以为是自己家里的床，再一摸，摸到了一具骷髅，可他还以为是自己的老婆哩，就翻进棺材里，搂着"老婆"睡起觉来，一会儿就沉沉地进入梦乡了。

其实，那盗墓贼并没有逃出乱坟岗，他在那些野坟堆里躲了一阵，见没有动静了，又麻着胆子，蹑手蹑脚地摸了过来。他跳下墓坑后，伸手向棺材里摸去，这一摸摸到了嘿嘿的胳肢窝，嘿嘿一痒痒，一下子将身子翘了起来，这一下可把盗墓贼吓惨了，以为炸了尸，一个"鬼"字还没有叫出来，就昏死在墓坑里。嘿嘿翘了一下身子，但并没有醒来，又倒在棺材里香香甜甜地睡去了。

不知过了多久，嘿嘿竟被一群人从棺材中拖出来，跟盗墓贼一起被扭送到了公安局。公安局的人很厉害，很快就辨明了谁是真正的盗墓贼，而嘿嘿却歪打正着，当了一回见义勇为的英雄，乐得他一个劲嘿嘿嘿嘿地傻笑着。

◀ 潇洒一回

嘿嘿四十出头时，有一天看报看到一句话："四十开外，男人变坏。"这句话与他脑海中潜藏了好多年的一个意念一碰，立即使他那意念燃烧起来，决定潇洒走一回，也去坏上一坏，以慰平生。

可几十年胆小惯了，要想坏也不是一件容易的事。歌厅、舞厅从没进过，既是歌盲又是舞盲，去了会被别人当成土老帽的。邀个美女去酒吧、茶吧，钱包也不争气。想来想去，还是觉得另辟蹊径好些。

从此，他每天都在寻找机遇，走在路上，总是眼观六路、耳听八方，生怕机遇悄悄溜走了。就这样过了好些天，机遇也没有向他招手，弄得他难受死了。

那天，东张西望企盼着机遇光顾的他走过一所幼儿园门口时，却见与幼儿园隔着一条街道的楼房的阳台上，有位看样子三十多岁的漂亮女人在向着他这个方向招手，而且还在"爱你爱你"不停地喊着。他环顾四周，一个人也没有，心里便狂喜起来，想道："莫非她是在向我招手？"于是，他也抬起右臂向那女人招起手来。

他们就这样对招了好一阵，那女人才回屋去了。嘿嘿想："有门儿，那女人肯定是一个人闲在家里太寂寞，要找点儿刺激。看来我的机遇来了。"想着，便飞快地跑到银行取了存款，又飞快地跑到一家高级服装店给自己买了一套漂亮的西装，再到首饰店买了一个大金戒指，他认为送戒指才是最有意义的，然后又去买了一束象征爱情的红玫瑰，就急急忙忙地向那女人的楼房跑去。

嘿嘿把红玫瑰藏在背后才抬手敲门，那女人打开门抚摸着怀里一只雪白狮子狗问道："先生，请问你找谁？"那狮子狗也对着嘿嘿用鼻子"哼哼"了两声。"不……不是你叫我来的吗？"嘿嘿以为女人假装不认识他了，舌头都打了结似的。"先生，你弄错了吧，我可从来不认识你呀！"那女人一脸茫然地说道。"那么，刚才我从对面走过的时候，你怎么使劲地向我招手，还说'爱你爱你'呢？"嘿嘿以为那女人是故意装出不明白的样子的，其实内心是真想他哩，于是平了平心，又在心里说了一句"女人真怪"，谁知那女人却自顾自地笑了起来，笑得腰都弯了，笑够了拍拍狮子狗的头说道："什么'爱你'，是艾丽，是我这只狮子狗的名字。刚才我的艾丽跑到街对面，要去幼儿园找我儿子玩，我招手是叫它回来哩。"

听了那女人的话，嘿嘿羞得无地自容，手一松，背后的红玫瑰掉到了地上。谁知就在这时，狮子狗艾丽却突然从女人怀中跳到嘿嘿脖子上，在嘿嘿脸上使劲地抓了一爪，抓得嘿嘿脸上鲜血直流。那女人慌了，赶忙抱过艾丽，向嘿嘿道歉说："对不起，这是我丈夫送我的狗，这家伙太忠于我那小心眼儿的丈夫了，见有人给我送红玫瑰是非咬不可的，这也是我那男人闲得没事教着玩的，谁知这狗东西却当了真，今天伤了你，真是太对不起了！"嘿嘿没有听完她的话，转过身灰溜溜地仓皇而逃，兜里的戒指盒掉出来，戒指又从盒中滚出来，一路跟在嘿嘿屁股后头从楼梯上向下滚去。

◀ 文学大奖

嘿嘿写稿多年，积稿如山，虽向全国大小报刊乱投乱寄，但却从未发表过一篇，心中十分焦躁。忽然有一天，嘿嘿收到了一封署名"国际微型文学大赛组委会"寄来的信函。嘿嘿打开一看，顿时乐得眉开眼笑。原来信函中是一张通知单，说是嘿嘿的一篇大作在"国际微型文学大赛"中初选入围，已能稳获等次奖。一、二、三等奖将分别获得5000元、4000元、3000元的物质奖励，但每人须先交1000元评审费。看罢信函，嘿嘿心想："就是得个三等奖也好，既得名，又得利，何乐而不为？"于是立即到邮局汇去1000元。一个月之后，嘿嘿收到了一个邮包，打开一看，是一本一等奖获奖证书，和一盒封装精美的奖品。嘿嘿想："定是价值5000元的精致奖品无疑，或许是白金首饰，或许是高精度手表，或许是掌上电脑，或许是高级手机……总之，定然是十分，不，十二分令人欣喜的东西。"想罢，嘿嘿急忙一层层打开盒子，却发现原来是五只避孕套。跟避孕套放在一起的还有一张纸条，上面写着一首打油诗："五只避孕套，进口好材料。莫嫌奖品小，价格实在高。抵你五千元，我们赔本了。君若销魂后，写出惊世稿。"读了打油诗，嘿嘿一屁股跌坐在沙发上，气得脸都青了。但过了一会儿，嘿嘿的脸色又红润起来，心想："其实，这 1000 元还是花得挺值的，不是买了个'国际微型文学大赛'一等奖的获奖证书吗？"于是，嘿嘿以后在写简历时总记着写一句："曾获国际微型文学大赛一等奖。"还往往附上一张获奖证书的复印件以资佐证。

◂ 西部名人

嘿嘿爬了好多年的格子，投稿的邮票钱也不知花了多少，却没有见到一个字被印成铅字。那日忽然接到一封东部来信，称他已被《世界文艺名人大辞典》收入，要他将298元购书款并一张寸照和一份300字简介寄去。

那298元钱和一张寸照还好办，可这一份300字的简介却令嘿嘿费了不少心思。他想，现在西部大开发是全国最大的潮流，我必须赶这个潮，写一篇独具西部特色的简介。于是，他提笔写了起来：

我乃西部嘿嘿也，典型的西部男人，是与西部之少数民族杂居的汉族人，50年代出生于西部某省某县某公社某大队某生产队，70年代与一西部女人结为西部伉俪，于西部生有一西部女儿和两西部儿子。其作品表现了浓郁的西部风情。现正赶上西部大开发的良好机遇，我决心以大西部为背景，以"西部大开发"为大题目，创作西部四部曲，即《西部之春》《西部之夏》《西部之秋》《西部之冬》，我将竭尽毕生精力，把《西部大开发》写成不朽的西部力作……

以不顾事实编辞典赚钱的胡乱编看到这份简介，也禁不住哑然失笑，并口占一绝云："西部开发是大潮，西部嘿嘿赶时髦，放了一通西部屁，西部因你脸发烧。"

◀ 上台领奖

嘿嘿搞乡镇企业，以劣质酒装在仿制的名酒瓶里充名酒卖赚了一笔钱，成了镇里的红人。那年年底，新上任的年轻而漂亮的女镇长决定对有"贡献"的"企业家"们进行表彰。嘿嘿因"贡献"最大，不但将受表彰，镇长还决定由嘿嘿代表受表彰的企业主们在会上发言哩。嘿嘿可从来没有享受过如此殊荣，心想，一定要把自己武装武装，上台时更有派头些。

主意打定，嘿嘿便特意去了趟省城，买了一套高档的名牌西服，连皮鞋和皮带都是名牌，光那条名牌皮带就花了六百元钱哩。

开会那天，嘿嘿穿戴一新，驾了自己的新车就去了镇里。

表彰大会开始了，几个头头脑脑讲完话后，就是请有"贡献"的"企业家"们上台领奖。嘿嘿春风得意、挺胸凸肚走到了领奖台上。场内响起了很抒情的音乐声。授奖开始了，一排身穿红旗袍的漂亮小姐捧着奖品走上台来，一会儿，领头的最漂亮的小姐走到了嘿嘿面前。给他授奖的正是年轻漂亮的女镇长。女镇长接过漂亮小姐手中的奖品送到了嘿嘿手上。那是一副价值上千元的高档精美的茶具。嘿嘿接过茶具，赶紧交到左手抱着，右手忙与女镇长伸过来的娇嫩小手握在一起。这时嘿嘿感到一股幸福的暖流流遍全身，久久不愿松开女镇长娇嫩的小手。可就在这时，嘿嘿的皮带扣突然脱落，一条笔挺的西裤一下子掉到了脚踝上，嘿嘿穿在里面的又是一条肉色紧身裤，看上去就像什么也没穿一样。台下参会的人见此情景，惊愕之际，爆出了一阵一阵的狂笑声。许多人笑得肚子一扯一扯的，双手抱着肚子连说"受不了啦""实在受不了啦"，甚至有人笑得倒在地上差点背过气去。台上捧着高档茶具还没有授出的漂亮小姐们一看嘿嘿"光"着两条"肉晃晃"的腿，全都吓得七荤八素，手中的茶具纷纷掉在地上，"乒乒乓乓"如天女散花一般摔得瓷片横飞。女镇长也红着脸赶忙跑到了台下。

嘿嘿不知道自己的裤子掉了，还高高举着那副茶具向台下致意。等他致意完，准备走下台时，因为迈不开步，才发现自己的裤子掉了，慌得无地自容，双手只顾去提裤子，茶具也掉到地上摔了个遍地开花。他就这样提了裤子逃出会场钻进自己的新车里一溜烟跑了，也不管会场乱成了什么样子，也不管摔碎了奖品咋办，更不管接下来自己还要发言。

嘿嘿回家一看，那条所谓的高档皮带其实也是跟他以劣质酒充名牌酒一样，玩的是以假充真以次充好的把戏，使他嘿嘿出了一场天大的洋相。

这件事后，嘿嘿在家里躺了一个星期不敢出门。一个星期后，嘿嘿关闭了他的造假企业，决定另起炉灶，搞起一个货真价实的企业来。

◀ 睡错地方

　　未来的儿媳妇明天将第一次来见公公婆婆，这可乐坏了嘿嘿。嘿嘿一高兴，便哼着"大台仓一台仓"，背着双手，踱着四方步上街喝老酒去了。

　　嘿嘿是有名的破酒坛，"醉卧长安"是常有的事。那天，嘿嘿又是酩酊大醉，摇摇晃晃地走在街上，吓得两边的门面都得给他"让道"。嘿嘿走着走着，忽见有道门开着，以为是到了自己家，就推门进去，晃进里屋，倒在一张空床上就睡着了。

　　那家只有母女二人，嘿嘿进去时，这母女二人在客厅聚精会神地看电视连续剧《三国演义》，所以没有发现嘿嘿。

　　母女二人看着看着，突然停了电。母亲说："睡觉吧。"于是连蜡烛也懒得点，就摸黑进了她自己的房间，宽衣解带上床睡觉。谁知手一伸摸到了一个人身上，吓得大叫起来。

　　女儿听见叫声，忙打着电筒过来看，原来床上躺着一个大男人，睡得像死猪一样，一股股酒气直从他鼻孔里冲出来。母女俩这才明白，原来不知从哪里来了一个酒疯子，把她们家当成了他自己的家了。母女俩无奈，只得求助110，才把嘿嘿弄了出去。

说巧也真巧，那姑娘便是嘿嘿未来的儿媳妇。

第二天，那姑娘到了嘿嘿家，见了嘿嘿，真是又好气又好笑。吃饭时，那姑娘便跟嘿嘿的儿子耳语了这件事，弄得嘿嘿的儿子哄一下笑了起来。嘿嘿不知道他们为什么笑，也跟着嘿嘿嘿傻笑起来。笑声填满屋子，还溢出窗外，飘浮到春光荡漾的天空中去了。

盗取
芳
心

◀ "坏"的代价

　　"四十开外，男人变坏。"嘿嘿虽然也想坏上一坏，可终究是有贼心没贼胆，只得退而求其次，期望家中那徐娘半老的黄脸婆能打扮得漂亮一点，解一解他眼睛的饥饿。可老婆整天忙里忙外，又朴素惯了，一是没有闲工夫，二是怕别人骂她老来俏，所以尽管嘿嘿软磨硬缠，她却以静制动，懒得理嘿嘿，急得嘿嘿心慌慌的。嘿嘿无奈，只得另觅他途，遇到有熟悉的漂亮妇人，便乱开许多又荤又俗的玩笑，倘是喝了点儿酒时，还要跟那些妇人拉扯上一回，所以他的脸上便时常挨那些妇人笑吟吟地打来的耳光，有的还用指甲在他脸上留下几道血痕，他也常常因挨了这温柔一掌或一爪而心中窃喜，感到一定程度的满足。

　　有一回，同行的四个妇人又遭到了嘿嘿的口舌骚扰，特别是吃饭时，嘿嘿喝了些"马尿"后，更是肆无忌惮地对那四个妇人说起了那些只有那没有教养的两夫妻在床第之欢时才说得出来的荤到极点、俗到极点的话，同时还在那几个妇人胳膊上揪来揪去。那几个妇人心中十分恼怒，就私下商量了一个办法，要治一治嘿嘿，让他尝尝"老娘们"的厉害。商量毕，其中一个妇人便出去了一阵。那妇人回来后，向其他三个妇人使了个眼色，于是四人一起离席向嘿嘿围过来。嘿嘿还以为他施展的机会来了哩。谁知妇人们又拉又扯地要把他往地上按。

嘿嘿虽说喝了"马尿"后力气比平时还大，可究竟敌不过四双手的力气，一会儿就在一片笑声中被按倒在地上。接着，那些妇人还有的按着他，有的解起他的裤带来。"难道她们发了疯，在光天化日下就动起了真格，这可不得了！"嘿嘿脑袋里飞速地转起了圈圈。可这正是嘿嘿求之不得的，所以也没怎么挣扎就让她们解开了裤带。嘿嘿正闭着眼睛等待下回分解哩，谁知竟有几根黏糊糊、滑腻腻、冷冰冰的活物游进了他的裤裆里。开始，他还以为是女人的手指，可一瞬间就觉出不对来，仿佛是几条小蛇，于是吓得哇啦哇啦大叫起来。那些妇人可不理睬，只顾使劲按着他，让那些东西在他的裤裆里钻来钻去。

其实那些东西是妇人们从街上买来的活鳝鱼。鳝鱼们在嘿嘿黑咕隆咚的裤裆里钻了一阵，有一条竟把嘿嘿的后窍当成了鳝鱼洞，使劲地往里面钻。嘿嘿吓得面如土色，"啊——"地惨叫一声就昏死过去。

同行的男人们看见闹出了大事，急忙喝退妇人们，扒开嘿嘿的裤子，把鳝鱼们捉了出来。那条钻进嘿嘿后窍的鳝鱼已经剩下一寸多长一点小尾巴了，男人们揪了一阵揪不住，不一会儿，连那截小尾巴也看不见了，只得急忙打 120 急救电话。幸而医院抢救及时，开刀为嘿嘿取出了钻进腹中的鳝鱼，不然任那东西在腹中乱拱，仿佛孙悟空钻进铁扇公主的肚子里捣乱一般，嘿嘿的小命可就保不住了。

　　几天后，嘿嘿出了院，经这一遭变故，嘿嘿再也不敢讨口舌之便了，而且开头几天，见了妇人就像见到了巨大而恐怖的鳝鱼怪，吓得浑身乱颤。住院时，护士小姐给他换药、打针，他都不敢睁眼看看。

◆ "是要气死"

·····························

　　这个故事发生在开始流行使用手机的时候。

　　嘿嘿工作之余做了点儿小生意，发了一笔小财，于是就想购一只手机。嘿嘿是个爱好写诗却从来没有发表过一首诗的"文学中年"，所以在文艺界也还有些朋友，前不久就购了手机的，勤奋的音乐爱好者石在就是一位。嘿嘿要购手机，可自己对手机一点儿也不了解，就委托石在全权帮他办理。

　　石在很快就为嘿嘿把手机购来了，是机卡不能分离的那种，卡号的末四位数是"4174"。见了这个号，嘿嘿心里不高兴了，认为是石在有意跟他过不去，给他挑了这么个"是要气死"！于是，嘿嘿不冷不热地接过手机，连一声谢谢都没有说就转身走了。

　　嘿嘿开始用手机了，却越用越别扭，总觉得有个阴影在跟着他似的，并老在不停地叫着"是要气死""是要气死"！有了这个阴影缠绕着他，嘿嘿便吃不香，睡不好，连做梦也有个阴影在对着他大声叫"是要气死"！

　　那天嘿嘿上街溜达，由于心思老在那个"是要气死"上，所以对街边物事竟浑然不觉，以致一脚踢在了一个卖鸡蛋的簸箩上，将那一簸箩鸡蛋全部踢翻在地，嘿嘿也站立不稳，一跤跌倒在那堆鸡蛋上。这下有好戏看了：那一簸箩鸡蛋没一个好的不说，而且嘿嘿浑身上下到处都糊满了蛋清蛋黄，就像被人从头到脚淋了一罐大便，真是要有多狼狈就有多狼狈；那个卖蛋的又肥又横的女人还不依不饶，"啪啪"地拍着自己的大腿臭骂了嘿嘿一通，还要嘿嘿加倍赔偿。嘿嘿恼羞成怒，又无可奈何，只得赔了钱落荒而逃。"都是该死的'是要气死'！这么快就应验了，真是太——"嘿嘿边跑边恨恨地想，可"太"了好一阵也"太"不出个下文来。

嘿嘿回到家便立即用座机（他已经连看都不想看到他的手机了）打电话给石在，全不顾多年的朋友情谊，蛮横地要石在赔偿他的损失。或许是音乐对心灵的陶冶所致吧，石在的涵养极好，什么也没有说，就叫他妻子带着钱将嘿嘿的手机连卡购了回去。并把自己用的手机给了妻子，他自己用起了这个"是要气死"。

石在用着"是要气死"，仍然进也歌声飞扬，出也歌声飞扬，尽情发挥着他的音乐天赋。一年之后，石在创作的一部大型音乐剧搬上了舞台，并取得空前成功，夺得了一项国际大奖，使石在一举成为了闻名全国的大音乐家。于是，多家媒体纷纷派出记者采访了石在。石在在回答记者提问时，说了这么一句俏皮话："这全归功于我的手机号码选得好，4174——发，多些发！"这句话通过媒体传向了全国各地，嘿嘿听到后，立即感到自己头脑愚笨，要是早看出这个号还可以念成"发，多些发"，或许今天出名的就不是石在，而是他嘿嘿了。想着想着，强烈的妒意和悔意混融着直冲脑海，使他的脑海中仿佛响起一阵"轰隆隆"的爆炸声，紧接着"咚"的一声倒在了地上。这回真是差一点就气死啦！

◀ 铁布衫功夫

嘿嘿虽然个子并不矮小，但力气却十分稀松，打架还不是老婆的对手。有一回，他跟老婆打架，竟被老婆骑着打。嘿嘿除了喊爹叫娘外，就只有钻到床下躲起来。他老婆抓不到他了，就命令他赶快滚出来，他却鸭子死了嘴壳子硬，红着眼睛吼道："男子汉大丈夫，说不出来就不出来！"他老婆被他的话逗乐了，一乐气便消了许多，自顾自地爬到床上睡起了大觉。谁知她一觉醒来，却不见了嘿嘿，而且一去两个月杳无音讯，任她问遍了所有的亲戚朋友，踏平了公安局的门槛，都没有一点儿消息。她只得偷偷哭泣，后悔自己太折了嘿嘿的面子，并在心里祈祷，只要嘿嘿平安归来，她什么都依着他，再也不折他男子汉的面子了。

两个月之后的一天，嘿嘿突然归来，未到家门，已有许多好事者围住他问长问短。嘿嘿难以回答七嘴八舌的问题，只直着脖子，提高嗓门，演讲般说道："我到少林寺去学了武功，如今已学成了铁布衫功夫，任凭刀剑也伤我不得了。"众人于是"啧啧"连声，内中有信的，也有不信的。爱看西洋镜的好事者小癞子说道："你敢让雷管炸一下吗？"这一问将了嘿嘿一军，因为嘿嘿只不过一气之下跑到外地去给一位富婆当了两个月男保姆而已，是因为忍受不了那富婆总逼着他给她洗内衣内裤，又实在想家才跑回来的。但他立即又想道："我要是怕了，回家还得受老婆的气，况且那雷管只有寸把长，铅笔粗，能有多大威力呢？"想到这一层，心肠一硬，问道："怎么个炸法？"小癞子说："用一块大石板压在雷管上，再在石板上扣一个箩筐，你坐在箩筐上引爆雷管就行了。"一听是这么个还有两层屏障的炸法，嘿嘿心下更宽了，又暗暗想道："这也是个威震老婆，威震看客，扬名立万的大好机会哩。"嘿嘿那颗圆滚滚的脑袋瓜子一转，作出了"抢抓机遇，加快发展"的历史性决定，于是很伟丈夫气地挥舞着手臂爽朗朗说道："取火绳雷管来！要是我的屁股完好无损，你小癞子可得请去夜不收大酒店海搓一顿哟！"可惜说到"海搓"两个字时舌头却突然不争气，"海"了半天，气儿在喉头和口腔里打了好几个转儿，才"搓"出来。小癞子曾在工地上干过，哪时炸材管得不严，他顺手牵羊弄了些炸材放在家里，所以很快便屁颠颠找来了雷管、火绳、石板和箩筐，还将那根尺把长的火绳的一头插在雷管里，另一头剥出了火药，并把雷管压在大石板下，把箩筐扣在石板上。嘿嘿把衣衫整了整，像气功师一样"嗨嗨"地练了一回，便坐到了箩筐上，眼睛平视前方，叫一声："众人退开，小癞子点火！"于是围观者纷纷后退，小癞子竟真的掏出打火机点着了导火绳。那导火绳立时"吡吡"地喷起火来，令人不寒而栗。嘿嘿心里虽然也发毛，但为了证明他"确实"练成了铁布衫功夫，还是表面装得很镇静地坐在箩筐上。

正在这时，嘿嘿的老婆闻讯赶来，哭道："嘿嘿，不能炸，不能炸呀！"边哭边向嘿嘿扑去。但还未扑拢，"砰"的一声，雷管就响了，只见箩筐和石板同时碎裂，嘿嘿被炸得一下子向老婆扑去。又是"砰"的一声，嘿嘿的额头跟老婆的额头碰在了一起，两人随即紧紧抱着滚到了地上。接着人们便发现嘿嘿和他老婆的头上都凸出了一个大青包；嘿嘿的裤子被炸破了，露出了白花花的屁股蛋子，一会儿又有股红的血在白花花上点出了几点红梅——白雪红梅，一幅诱人的彩画。嘿嘿一摸屁股，满手是血，吓得"哇啦哇啦"大哭起来，还抱着老婆直叫"妈呀妈呀"。他老婆心疼他，搂着光屁股的他哄着"不哭不哭"。后经医生检查，嘿嘿的屁股幸而没有伤及骨头，但仍住了一个多月医院才痊愈。

　　在嘿嘿住院期间，又有烂肚皮编了顺口溜传出来："男子汉，大丈夫。被妻打，心不服。钻床脚，不认输。练了铁布衫，炸坏老屁股。哎呀呀，千古稀奇事，都从嘿嘿出。"所幸的是，嘿嘿老婆吓破了胆，再也不敢对嘿嘿滥施拳脚了。嘿嘿心里羞怒了一段时间后，也平静下来，进而得意地想道："嘿嘿，因祸得福，因祸得福哦！"

◀ 摔跤诈癫

一个下雨天，嘿嘿于当街摔了一跤，仰面向天，鞋帽飞越丈余。行人见了，都狂笑不止。嘿嘿心里说："真是太丢人了。我要是马上爬起来就走，肯定会遭到更多嘲笑，还是装疯吧。别人以为我是神经病，就不会嘲笑我了。"于是，就坐在雨水中，或笑，或哭，或唱，手舞足蹈，弄得浑身泥水，一脸污垢。谁知嘿嘿有个熟人遇见了，打电话告诉了村里，一会儿，嘿嘿村里就有数十人涌来。嘿嘿没法，只得继续装疯。嘿嘿家人也闻讯赶来，哭成一团。众人正无可奈何时，嘿嘿母亲又晕倒在地。嘿嘿见再也装不下去了，只得翻身爬起来叫母亲，就这样露出了真相。嘿嘿的老婆也气得炒了他的鱿鱼，跑回娘家去了。

有个诗人评论这件事说："嘿嘿摔一跤，难敌讥嘲，诈癫扮傻迷人眼，弄巧成拙实可笑，老婆把他鱿鱼炒。嗨嗨，怎弄得这般儿糟糕？"

◀ 飙车遇鸡

嘿嘿喜欢飙车。一天，嘿嘿以每小时 120 公里的速度在市中心狂飙，吓得行人惊慌躲避。然而嘿嘿却欣喜若狂，手舞足蹈，傻笑不已。有个人怀抱公鸡正过斑马线，见嘿嘿的车狂奔而来，吓得弃鸡而逃。谁知那鸡受惊飞起，"砰"的一声碰到嘿嘿的车窗上。嘿嘿的车窗被撞了个洞，公鸡进入驾驶室，双爪齐出，凭空乱抓，把嘿嘿的面皮都抓破了。嘿嘿慌乱间发生错驾，撞向一棵行道树，顿时树倒车毁，嘿嘿的腰部也受了重伤。嘿嘿住院三个月才治好了伤，损失了 50 万元。为此，嘿嘿发誓说：今生再也不飙车了！

有个诗人评论这件事说："嘿嘿把车飙，公鸡来骚扰，怎这般儿巧？车毁树亦倒，嘿嘿伤了腰，是祸躲不了，自作自受谁能保！"

◀ 笑掉大牙

嘿嘿喜欢玩恶作剧。一天，他的朋友摔了一跤，跌掉一颗门牙，嘿嘿暗中使坏，在朋友背上贴了一张纸条，纸条上有一首诗："我是屎壳郎，推屎忙又忙。咬了一粪球，牙齿全掉光。哎呀呀，我的娘！"朋友上街，嘿嘿跟在后面，街上人读过朋友背上的纸条，都大笑不止。朋友丈二和尚摸不着头脑，一脸茫然。嘿嘿终于忍不住，也大笑起来，笑声久久不息，腰弯了，胃疼了，嘴巴仍难以合拢。突然嘴里一轻，原本"嘿嘿"的笑声，变成了"嗤嗤"的声音，如轮胎漏了气一样。原来嘿嘿的满嘴黄牙全被笑掉了。朋友见了，取下纸条，贴到嘿嘿背上，扬长而去。

有个诗人评论这件事说："嘿嘿使坏，实不该，怎晓报得如此快。非人祸，非天灾，只因恶有恶报，谁也别怪！"

◀ 惊心吻别
....

　　一天，嘿嘿乘飞机外出，他的妻子和女儿去机场送行。到了机场，嘿嘿已经过了安检门，入了候机楼，却想起没有跟妻子和女儿吻别，于是，丢下行李，溜出候机楼，混过安检门，重新来与妻子和女儿吻别。机场安检人员发现有异常情况，怀疑嘿嘿带危险物品登机，或者交给了候机楼的某位乘客。为保安全，立即安排 500 多名候机人员二次安检，导致了五班飞机延飞一小时，造成了重大损失。嘿嘿因此被重罚。

　　有个诗人评论这件事说："嘿嘿乘机将欲行，忽忆妻女未相吻。致使五机延时飞，重罚难抵儿女情。"

◀ 立 威

嘿嘿曾当过代理村长，那时他每天所思所想的就是去掉"代理"二字。

"要去掉'代理'二字，必须首先在群众中树立威信。"嘿嘿思忖，"怎样才能树立威信呢？只有干一件让群众怕我的事才行。"

嘿嘿一直都在寻找机会。

那天，嘿嘿跟几个群众一起喝酒。酒到八分时刻，大家都有些头偏重脚偏轻了。阿三不想再喝，可嘿嘿不肯，非要以代理村长的身份强迫阿三继续喝下去。又喝了一阵，阿三实在不能再喝了，任凭嘿嘿磨破嘴皮，也不肯开口，于是嘿嘿霸气上升，端起酒就往阿三头上淋。阿三无奈，只得挥手抗拒，不料阿三的手无意中打在嘿嘿的手表上。嘿嘿的手表是上午才修过的，玻盖上得不牢，这一打玻盖便掉了，酒席不欢而散。

回到家，嘿嘿脑中灵光一闪："有了，我树立威信的机会来了！"于是第二天一大早就跑到派出所报案，说是阿三霸凌村民，还殴打村干部，于是引起了派出所和镇党委、政府的高度重视，一个由书记、镇长、派出所长等人带领的调查小组深入村里。

阿三等几个一起喝酒的群众顿时紧张起来，吓得脸都青了。调查结果与嘿嘿反应的情况截然不同，于是调查组很快撤回，并内部得出结论：嘿嘿其人，不可大用。

结果，嘿嘿不但未能树立起威信，去掉"代理"二字，反而连原副村长的职务也被免去了。

◆ 大丈夫气概

　　嘿嘿这人，没多大本事，却特好面子，爱在家里耍个大丈夫气概。偏偏他老婆又是个逆来顺受的人，使他英雄有用武之地，所以常常把老婆骂得狗血淋头。这天吃过晚饭后，他又因饭菜不可口，把老婆大骂了一通。这不，骂完老婆，就牵着他的宠物小京巴狗出去遛街了。说起他的小京巴狗，其实也是他好面子、爱在家里耍大丈夫气概的产物哩。有一段时间，有点儿脸面的人都喜欢养个宠物什么的，嘿嘿可不能落后，便也附庸风雅地"迷"上了养宠物狗。这只名贵的小京巴狗，就是他掏尽积蓄买来的，宝贝得不得了，每天晚饭后，都要牵着他的宝贝小京巴狗出去遛街。

　　嘿嘿遛着小京巴狗，不知不觉便到了寡妇街。这是一条僻静的街巷，不通车，只过人，因为多住的是离了婚或死了男人的寡妇，所以被人们戏称为寡妇街。这时，一个穿金戴银的胖大女人，牵着两条法国贵妇犬，从一幢楼里出来了。

　　那两条法国贵妇犬是一公一母，终日耳鬓厮磨，已成恩爱夫妻。而嘿嘿的小京巴狗却是一个大龄处男，所以一见那只漂亮高贵的狗妇便高兴得飘飘然起来，忘了天有多高地有多厚，竟没有想到那狗妇身边还有一位虎视眈眈的护花使者，便狗胆包天地冲过去非礼那狗妇。可它刚刚跑过去，才在漂亮母狗的屁股上亲得一小口，谁知自己屁股上却被狠狠地咬了一口，痛得它一下子喊爹叫娘起来，大失了绅士风度。它回过头一看，原来竟是那位狗丈夫醋意大发，愤而动嘴咬痛了它的屁股。

嘿嘿的小京巴狗非礼未成，反而被咬得疼痛难忍，顿时恼羞成怒，奋不顾身地冲向那个吃醋的狗丈夫。嘿嘿心痛它，怕它吃亏，用力一拉绳子，谁知小京巴狗的颈圈没有套牢，居然牵脱了。小京巴狗没有了牵绳，更发疯一般向那位狗丈夫冲去，于是两只男狗便咬成了一团。那穿金戴银的胖大女人蛮横地叉腰站着，也不阻止这场战争。许是那狗丈夫终日纵情声色，身子虚弱，所以不是小京巴狗的对手，只一会儿工夫便被咬得满地乱滚。那女狗见丈夫不敌，心痛得紧，也加入了战团，共同对付色迷迷的小京巴狗。以二敌一，局势立即发生了转变，被咬得满地乱滚的换成了小京巴狗。这一下嘿嘿更心疼了，但又没了绳子控制自己的狗，只得冲入战阵，用脚去踢那对狗夫妇。那胖大女人见嘿嘿出战，也挽起衣袖冲入战阵，抓住嘿嘿拳打脚踢起来。

嘿嘿虽是男人，力气却稀松得很，根本不是胖大女人的对手。胖大女人只三招两式便把嘿嘿撂倒在地，把嘿嘿的门牙也磕掉了两颗。接着还被胖大女人骑在肚皮上一左一右地扇起耳光来。起初嘿嘿还强忍着一声不吭，心想，我嘿嘿男子汉大丈夫，岂能求饶！可又无法从胖大女人的胯下挣脱出来，便任凭女人骑着自己，把自己一双脸颊扇来扇去。可过了一会儿，嘿嘿就被扇得实在忍不住疼了，连小便都憋了出来，好在周围也没有人，又想到，好汉不吃眼前亏，老祖宗韩信还受过胯下之辱哩，我嘿嘿怎么就不能胸怀宽广一些呢？这么一想，便忘了面子问题，暂把大丈夫气概丢在一边，求饶道："别打了，好大姐，好嫂子，好……干娘，儿子给你赔……赔……赔不是了，你放了儿子吧！"胖大女人一听乐了，就借坡下驴，把嘿嘿放了。嘿嘿从地上爬起来，也顾不得全身灰土，满脸血污，抱了同样被咬得落花流水的小京巴狗，落荒而逃。他逃了二三十米远，见胖大女人没有追来，便又露出他的大丈夫气概来，边跑边回头咬牙切齿地喊道："婆娘打老公，你等着，此仇不报非君子也！"

那肥婆见嘿嘿突然换了一幅面孔，鄙夷地拍着大腿骂道："干儿子，老娘不怕你，你想吃奶，尽管来找老娘好了！"嘿嘿怕人听见扫了自己的面子，折了自己的大丈夫气概，跑得更快了。

看着嘿嘿远去，肥婆低头找自己的两只宠物狗，突然发现地上有张身份证，捡起来一看，照片上的人分明就是嘿嘿。胖大女人捡了身份证，一条诡计冒了出来。于是，立即掏出手机向派出所报了案，说嘿嘿打了她，还装出被打伤的样子住进了医院。派出所很快找到了嘿嘿，嘿嘿没想到那胖大女人还有这一手，这使他着了难：要说是胖大女人打了他吧，一个大男人被一个女人打了，这件事传出去，定然大失面子，大折大丈夫气概，今后还怎么做人呢？要说是自己打了胖大女人吧，又确实冤枉。

但嘿嘿权衡来权衡去，还是觉得承认自己打了胖大女人划算些，破小财保大面子，保大丈夫气概要紧。于是，嘿嘿私下去医院看望了胖大女人，并悄悄给了那胖大女人二千元合解费，这才把那胖大女人哄回了家，保住了自己男子汉大丈夫的天大面子。

嘿嘿受了那胖大女人的气，心头憋得慌，便时常一个人喝些闷酒回家找老婆撒气，对老婆是又打又骂，似乎这样才能将他的大丈夫气概找回来。

◀ 妙处藏身

嘿嘿这个人，看起来憨头傻脑，其实板眼不少。

他曾经谈过一个叫包包的女朋友，可是正当嘿嘿深深地陷入爱河的时候，包包的一只脚却踏到了别人的船上。嘿嘿眼见包包要飞，急得方寸大乱，六神无主。

一天，嘿嘿正愁眉苦脸地在街上溜达着，忽见一路边书亭里摆着一本《三十六计》，心中一动，想到："这本书中定然有许多巧计奇谋，要是学上一两招，定能套住包包那颗芳心。"于是就买了一本《三十六计》回去，挑灯夜读起来。果然，过了几天时间，嘿嘿就想出了一条妙计：先釜底抽薪，偷走包包的钱财，使包包在经济上陷入困境；然后再英雄救美，用盗来的钱财向包包雪中送炭，救包包于"水火"之中。嘿嘿想，如果妙计得逞，包包定会对他感激涕淋，把踏出去的那只脚收回来，心甘情愿地对他投怀送抱。嘿嘿还特别为自己想出了这样一条巧计奇谋，而到一家高级餐厅去海搓了一顿哩。

嘿嘿主意打定，就开始实施他的行动计划了。他首先利用包包大大咧咧的粗心性格，偷了包包的钥匙去配了一把。然后，他天天晚上都蹲在包包房外侍机行盗。那时正是冬天，刺骨的寒风呼呼地吹着，冻得嘿嘿浑身打颤。毕竟没有做过贼，虽有好几次见包包锁门外出了，可真要去开门行盗，却又腿软心虚，不敢下手。到了第十五个晚上，嘿嘿实在被冷得受不了了，可正在嘿嘿又想打道回府时，却见一个男人来找包包，然后包包便锁了门，吊着那人的膀子出去了。嘿嘿见了这情景，气得脸都青了，于是便决定无论如何也要下手。

　　嘿嘿像猫一样摸到包包宿舍前，往头上套了一只黑色丝袜，又将两只塑料方便袋往脚上一套，再戴上手套便去开包包的门。由于心慌意乱，忙了好几分钟才把门打开了，然后反手把门关上，从背来的口袋里取出一支笔式袖珍手电筒，开始在包包的房中行起盗来。嗬，收获真不小，包包屋里除了价值七八千元的高档服装、一只纯金戒指、一副纯金耳环外，居然还放着七千元现金哩。嘿嘿想，要做就做得彻底些。于是便把现金和值钱的金首饰和高档服装全收进口袋里，然后一闪身退出房门，并将门上了锁。他想，他做得这样谨慎，不可能留下蛛丝蚂迹，所以是绝不会有人怀疑到他身上的。谁知他刚锁了门转身想走，包包和那男人却回来了。包包猛然见有个人蒙着头鬼鬼祟祟的，吓得惊惶的大喊起来："抓贼呀！抓贼呀！"嘿嘿心说坏了，便没命地逃起来。

　　经包包一喊，跟包包一起的男人和一些见义勇为的人便向着嘿嘿逃跑的方向追击。一来心慌，二来背着一包东西，嘿嘿逃跑的速度便受了影响，无奈只得抛了口袋，轻松逃跑。追的人见了口袋，争着去捡，便缓了一缓。嘿嘿趁机没命的向城郊的河边跑去。

跑着跑着，后面追的人又近了。嘿嘿突然发现前面河边有一堆堆黑乎乎的东西，心说，我就去那里躲一躲吧。于是便向一堆黑东西扑去，谁知那黑堆竟是刚从河底挖起来，还没来得及运走的淤泥。原来，城管部门正利用冬天枯水的机会在掏挖河泥、疏浚河道哩。那些淤泥真是又黑又臭，可是嘿嘿却顾不了这么多，他想："我只要浑身往淤泥中一滚，从头到脚糊一层稀泥，自己就变成了一个泥人，再躺在淤泥中不动，追的人就很难发现我了。"

追的人很快追到了淤泥堆。可真如嘿嘿所想，任他们打着手电筒找了半天，也没有发现嘿嘿的踪影，只好收兵罢战。那些人转身往回走时，嘿嘿松弛了下来，这一松弛才感到浑身如困冰窖一般，因为淤泥中的水已将他浑身上下浸了个透。加上头脸上的淤泥不住地往下流，鼻子一吸气，吸了一丁点儿淤泥进去，便使嘿嘿打出了一个响亮的喷嚏。这下坏了，那些追的人听见了喷嚏声，又倒了回来。嘿嘿见要坏事，急忙用手捂住口鼻，不敢让喷嚏打出来。好不容易才等到那些人再次离开，可是嘿嘿却自己将自己捂得晕了过去。

也不知晕了多久，嘿嘿才朦朦胧胧地醒来，他睁开眼睛一看，到处一片皆白，原来下了大雪。这时，运淤泥的车来了，一个大铲车铲向了嘿嘿所在的那堆淤泥。嘿嘿想喊，可是冻得连声音也发不出来，只得任由铲车将他铲到一辆翻斗车里，再由着翻斗车将他倒进了垃圾场，幸而淤泥未盖住他的头脸，使他还没有被活埋而死。后来，来了一群拾荒者，是嘿嘿拼命转动着几根勉强能动的手指，引起了拾荒者的注意才救了他。

嘿嘿因而整整病了三个月。包包虽然因拾回了钱财而未报警，嘿嘿也没有进监狱，可三个月之后，包包早已把他忘得一干二净，完全投入了别人的怀抱。

嘿嘿死里逃生，感叹说："贼是千万做不得的呀！"